8 /88

Anielka

DU MÊME AUTEUR

Romans
Personnages de la rue du Couteau, Julliard, 1984.
Tott, Julliard, 1985.
Benoît ou les Contemporains obscurs, Julliard, 1986.
Les Clandestins, Fallois, 1990.
Les Nuits Racine, Fallois, 1992, prix Roger-Nimier.
Mémoires de Monte-Cristo, Fallois, 1994.
Des hommes qui s'éloignent, Fayard, 1997.

Essais
Jorge Luis Borges, Bourin, 1993.
Aragon, 1897-1982, Fayard, 1997, prix de la critique de
  l'Académie française.

Journal
Tous les secrets de l'avenir, Fayard, 1996.
Journal de Marseille, Le Rocher, 1999.

François Taillandier

Anielka

roman

Stock

« Je ne sais pas ce que j'ai voulu. »
Mauriac, *Thérèse Desqueyroux*

PREMIÈRE PARTIE

Juillet-novembre

1

Au Royal-Villiers

Il y avait eu des signes avant-coureurs. Anielka se souvenait très bien – ça ne s'oublie pas – de la première fois où elle avait porté les yeux sur Will. C'était au cours d'un dîner professionnel, au début de juillet 1997, une histoire de programmation théâtrale. Ils étaient cinq : Anielka, l'adjoint aux affaires culturelles, sa femme, Will et un type qui travaillait avec lui, attablés dans le décor incertain – vieux moderne authentique ou post-moderne ? – de la brasserie Le Royal-Villiers, à la porte de Champerret. Le repas s'était déroulé dans l'ambiance d'ennui tacite et de cordialité affichée propre à ce genre de réunion, l'adjoint à la Culture, puissance invitante, veillant à ce que les choses n'allassent ni trop doucement ni trop vite ; et au moment du dessert, sous les lampes en forme de cônes doubles, verts, jaunes, orangés, Anielka ne prêtait plus à la conversation qu'une oreille distraite. Elle était fatiguée, elle avait envie de rentrer. Elle avait un moment considéré, en se disant qu'elle ne l'aimait pas, la décoration des murs, une espèce de skaï rouge formant des polygones irréguliers. Puis elle s'était mise à regarder, au fond du restaurant, une fille d'une vingtaine d'années qui venait de s'installer à une table avec un garçon. Déjà leur arrivée, quelques instants plus tôt, lui avait fait lever l'œil. La fille était entrée dans le restaurant la première, suivie de son copain, mais peut-être eût-il fallu dire « à la tête de son copain », tant son port et sa démarche exprimaient d'allant, de certitude, de contentement décidé et ostensible. Elle n'était pas très jolie, les yeux resserrés, les hanches larges, le corps un peu lourd – défauts atténués par un saroual flottant sous une veste longue, en satin noir, et que compensaient une belle chevelure blonde, un teint éclatant, une fraîcheur agréable, un habile décolleté sur la gorge. Pourquoi l'irruption de cette inconnue l'avait-elle en quelque sorte dérangée ?

Cependant, à la table des cinq, le seul qui ne semblât pas préoccupé de regarder sa montre était ce nommé Will, un jeune type, comédien de formation, un peu producteur, un peu impresario, qui parlait de tout depuis le début du repas, avec une assurance et un brio qu'elle avait d'emblée trouvés agaçants. Pour l'heure, il était question de politique :

– Ce pays n'a plus de miroir, expliquait-il. Ou plutôt, il ne s'aime pas dans les miroirs où il se voit. Il n'y rencontre que sa faiblesse, son impuissance, son délabrement social, moral, historique. Il est à la recherche d'un nouveau miroir. Il n'y a que nous qui pourrons lui en fournir un.

Anielka n'avait pas bien saisi qui désignait ce « nous ». Les comédiens avec qui il travaillait ? Les artistes en général ? Un mouvement politique ? Elle ne s'en préoccupait guère. « Pauvre con, tu ne doutes de rien » : telle fut la seule réflexion qui lui traversa l'esprit, sans qu'elle s'y arrêtât. L'adjoint à la Culture, pour sa part, hochait componctueusement la tête, avec une attention composée d'élu politique qui se dit « à l'écoute », et aussi parce que ce Will était l'artiste, le créateur, selon un mot consacré, dont on attendait quelque chose. Quant à l'épouse de l'adjoint, une blonde platinée de quarante-cinq ans, à voix de fumeuse, elle semblait tout simplement sous le charme. Anielka n'avait aucune envie de participer à une conversation de ce genre. Elle eût souhaité qu'on payât l'addition et qu'on s'en allât.

De nouveau, elle regarda le jeune couple, au fond. Elle voyait le garçon de dos, la fille de face. Cette dernière surtout l'intéressait. Elle semblait bien résolue à occuper sans partage le champ sensoriel et mental du jeune homme. On sentait que s'il avait incidemment détourné la tête, elle aurait aussitôt fait un bond de côté pour se trouver encore en face de lui. Elle multipliait les interventions, les initiatives, les sollicitations, sourire, regard en dessous, regard de haut, regard de côté, index impératif se plantant sur son avant-bras, tour à tour engageante, inquiète, faussement boudeuse, rêveuse : toute la gamme.

Le comédien-agent-producteur persistait, lui aussi ; il parlait à présent de quelqu'un, Anielka avait perdu le fil, elle ne savait pas de qui :

– Facho... Carrément facho. Incroyable. D'autant plus curieux que ce n'était pas la peur de se faire piquer sa bagnole, ni la dénonciation des mœurs actuelles... Plutôt un fascisme païen, très moderne en fait... Lui, alors là oui, il donnait l'impression d'avoir perdu le miroir. La masse des gens accepte un certain nombre de représentations, de valeurs, d'opinions qui forment une espèce de consensus, un minimum de lien social, un horizon commun. Lui, n'acceptait plus rien.

Les autres approuvaient, pénétrés de la gravité du cas, du moins est-ce le sentiment qu'elle en retira, n'ayant pas écouté ce qui précédait.

– Et qu'est-il devenu ? demanda l'épouse de l'adjoint.

– Je ne sais pas.

À la table du fond, tout dans l'attitude du jeune homme, cela transparaissait même de dos, disait la docilité, la résignation à ne rien voir d'autre que cette fille, ce soir, dans l'univers. Celle-ci continuait son manège et Anielka s'en faisait la traduction : « Hein, que tu es content. Hein, que tu as de la chance. Ne t'avise pas d'avoir l'air d'en douter. Le décolleté, là, il y en a treize à la douzaine qui seraient preneurs. » Tel était le propos implicite ; explicitement, elle le saoulait, pas d'autre mot. De temps à autre, il hochait la tête, plaçait un mot. Et si par hasard il parvenait à caser plus de deux phrases, il était clair qu'elle avait un avis, elle ouvrait déjà la bouche pour commenter, et ça ne traînait pas. Où trouvait-elle la confiance et l'énergie pour ainsi débattre, épiloguer, trancher de tout ? Anielka soupira. Léger mal de tête. Sommeil. Marre.

– Ce pays l'ignore, continuait le nommé Will, mais il ne sera réconcilié avec lui-même que par nous. C'est nous qui lui révélerons ce qu'il veut, ce qu'il aime, ce qu'il est.

15

– Au fond, vous désirez le pouvoir.

Will, alors, s'était tourné vers Anielka. C'était elle qui venait de jeter ça. Elle n'avait toujours pas compris qui était ce « nous » auquel il se référait, et ne s'en souciait pas davantage que dix minutes plus tôt. « Vous désirez le pouvoir » : cela lui était venu à l'esprit marqué du sceau de l'évidence, et elle le lui avait dit.

Comme c'étaient les premiers mots qu'elle lâchait depuis un bon moment, et que pas une fois, depuis le début du dîner, elle ne s'était adressée à lui en particulier, l'intervention fut remarquée, d'autant plus que le ton ne dissimulait pas la critique.

Il la regarda un instant – une tache sur la prunelle droite donnait à ce regard une lueur spéciale – avant de répondre :

– Le pouvoir ? Oui, bien sûr.

– Au moins, vous l'avouez sans complexes.

– Pourquoi faudrait-il avoir des complexes ? Les gens appellent le pouvoir. Ils réclament la sujétion. Ils en ont besoin pour savoir ce qu'ils sont. Ils veulent qu'on leur attribue une identité et un rôle. Ils ne trouvent pas tout seuls. Ils demandent ça. Ce n'est pas Pierre le Grand mais Nicolas II qu'ils ont trucidé dans une cave. Vous savez pourquoi, n'est-ce pas ? Il n'y a donc pas à avoir de complexes.

Une brève image de François, puis de la Russie, passèrent dans son esprit. Elle eut envie de répliquer et renonça. Pas se lancer là-dedans. Elle eut un mouvement des sourcils assez peu aimable, un coup d'œil vers le ciel, puis s'en désintéressa, cependant qu'il continuait :

– C'est comme ça qu'on a bâti les cathédrales. Les gens, contrairement à ce qu'on imagine, ça ne les embêtait pas de bâtir des cathédrales. On leur disait, vous êtes des chrétiens, de bons chrétiens, et nous allons bâtir la plus belle des cathédrales, et ils disaient ah oui, et ils étaient contents. Soit dit en passant, essayez d'imaginer la désolation que ce serait, entre Paris et Poitiers, sans les cathédrales, Chartres, Bourges, Tours... Et la Révolution, pareil : les révolutionnaires ont donné un nom – citoyens – à tout un peuple qui n'avait jamais pensé à ça. Citoyens ? Ah ! mais bien sûr. Nous sommes des citoyens. Cette invention-là, ce baptême collectif de 1790, c'est un moment historique vertigineux.

Anielka, encore un coup, avait cessé de suivre. Elle n'y arrivait décidément pas. La blonde au saroual, là-bas, continuait à se prouver sa conquête, sa possession, son pouvoir sur le mec. Toutes pareilles, décidément. Le porte-bourses, le porte-bourses ! La grande affaire.

17

Anielka se reprocha cette pensée. Cette fille voulait que ce garçon fût amoureux d'elle. Normal. Elle l'avait trouvé, elle voulait le garder. Normal. Pas tout à fait assurée, peut-être, elle jouait sa partie avec énergie. Cela comptait pour elle, c'était sa bataille; c'était son tour.

Normal.

2

On est sans nouvelles de Kountsevo

Elle devait par la suite repenser souvent à cette soirée; bien sûr, parce que c'était la première fois qu'elle avait échangé quelque chose, si peu que ce fût, avec Will (sans savoir que d'un simple mouvement des sourcils, dubitatif, voire dédaigneux, elle avait peut-être donné le signal, s'exposant comme cible, tôt ou tard, pour peu que l'occasion s'en présentât), mais aussi en raison du regard porté sur la fille au saroual, regard qui n'allait pas de soi, qui annonçait le décrochage.

Le lendemain soir, après son travail, elle changea à Saint-Lazare et descendit à Saint-Georges afin de se rendre chez François, avenue Trudaine. Une fois de plus, elle se dit que ce n'était pas de chance, alors qu'ils n'habitaient pas très loin l'un de l'autre, que le métro entre les deux ne fût pas direct.

Elle le trouva, comme toujours à la même heure, au sortir du bain, revêtu de son peignoir d'éponge et buvant son whisky. Il se rhabillait ensuite, blue-jean ou velours, polo genre Lacoste, pour dîner soit à la maison, soit dans un des petits restaurants du quartier.

Au-delà du balcon, séparé de la pièce par une baie coulissante à double vitrage, on voyait le dernier étage de l'immeuble d'en face, puis le chaos brumeux de Paris, d'où émergeaient la tour Montparnasse, le dôme redoré des Invalides, la tour Eiffel.

Les soirs où elle le rejoignait étaient les plus nombreux. Elle ne dormait chez elle, dans le XVIIe arrondissement, que lorsqu'il recevait la visite de ses filles, ou quand elle-même allait récupérer Quentin à l'école. En arrivant ici, elle changeait de monde. Rien à voir avec sa mairie de banlieue, les affaires culturelles, « le social », le service public. Dans son bel appartement moderne où se marquait son goût des meubles anciens, des tableaux, des livres, de la musique, François amenait avec lui l'image de bureaux rue de Berri et à la Défense, de voyages en TGV et en avion, d'ordinateurs portables, de revues boursières, de parts de marché, de stratégies de développement, de prises de contrôle, de pourcentages, d'objectifs, de résultats.

Elle le regarda, un peu gros, un peu tassé sur son canapé, avec ses beaux cheveux gris-blanc ; elle perçut la lassitude qui émanait de lui. Ils se firent la chronique des menus faits du jour. Elle avait déjeuné avec Annick, une nouvelle collègue :

– Elle est marrante... Toujours dans des histoires de mecs un peu tordues... Tiens, il y a deux filles du service qui sont enceintes. Elles l'ont annoncé ce matin.

– Et Kountsevo ?

– Toujours en panne. Le comité de jumelage a réussi à joindre un type, à Moscou, un genre de préfet. Apparemment, le fonctionnaire municipal avec qui on montait le projet s'est barré avec le fric.

– Le vôtre ?

– Non ; la subvention est restée bloquée. On n'y perd rien, mais moi j'ai passé trois semaines à organiser le séjour de quinze étudiants qui ne viendront pas.

– Finalement, la Russie, c'est la banlieue déshéritée de l'Europe. Ce que les Minguettes sont à Lyon ou le Val-Fourré à Paris. Le monde nous échappe.

François, de son côté, avait eu encore affaire aux Hollandais. Son entreprise (une société d'assurances spécialisée dans l'assurance des sociétés) était en cours de fusion avec une grande sœur basée à Groningue et elle-même en cours de réimplantation en Allemagne. Trois cents salariés hollandais y laissaient leur emploi, sauf à accepter d'émigrer. Paris devenait la base d'opérations sur la France, l'Italie et l'Espagne. Tout cela entraînait des modifications hiérarchiques qui seraient l'occasion d'inévitables règlements de comptes. François naviguait à vue.

– Ils nous ont réunis pendant deux heures pour nous faire toute une théorie sur le juste à temps, que tout le monde connaît déjà.

– Pas moi.

– Just at time! La généralisation à tout de ce qu'en termes de vente on appelle flux tendu. La formation, l'embauche, la qualification du personnel, la flexibilité, les nouveaux produits. Juste à temps. Les licenciements aussi, juste à temps. Je connais tout ça. Et eux aussi, je les connais. Ça ne parle que road shows, profit warning et share holder value. Seulement ce sont eux qui commandent. Ils veulent tout refaire à leur idée, on ne les en empêchera pas. J'ai toujours dit que la construction européenne est l'arme du protestantisme dans sa revanche sur le catholicisme. Les pays du Nord donnent le ton et il va falloir filer doux.

Il affectait de plaisanter, mais Anielka savait

ce qu'il y avait derrière. François passait aux yeux de tous pour un opposant aux nouvelles orientations. Au poste qu'il occupait, cela comptait.

– Il y avait un type, hier soir à table, qui prétendait que le pouvoir consistait à dire aux gens qui ils sont. Il disait que la Révolution avait appelé les individus des citoyens alors qu'ils n'avaient jamais pensé à ça. Les cathédrales, aussi : on a obtenu des gens qu'ils bâtissent les cathédrales en faisant appel à leur vide intérieur. Les gens sont soulagés qu'on leur dise qui ils sont. Il pense que c'est le rôle du pouvoir et qu'il ne faut pas hésiter.

– C'est pas idiot. C'est qui, ce type ?

– Un acteur. Un peu communiste, si j'ai bien suivi. Mais d'un genre particulier.

– Pas particulier : un vrai, tout simplement. Un qui a compris. Pas un innocent, comme ils sont maintenant...

Cela parut l'amuser. François s'intéressait beaucoup à la politique, aux grands systèmes, en particulier au communisme et à ses séquelles. Anielka et la Pologne n'y étaient pas pour rien. Il redevint rêveur, il faisait tourner son whisky dans le verre. Elle savait à quoi il pensait. Il était encore dans les bureaux de la Défense. Il tenait son rang, il paraissait fort ; en réalité, il avait déjà commencé de défendre sa peau, ni plus, ni moins. Elle avait du mal à juger, d'après ses propos volontiers elliptiques, comment se jouait, parmi ces gens qu'elle ne connaissait pas, une partie où intervenaient la compétence, les alliances, l'opportunisme, le pouvoir objectif, l'ascendant personnel, toutes sortes d'impondérables. François était inquiet, cela ne faisait pas de doute ; et plus encore, heurté. Peut-être redoutait-il de perdre ; plus sûrement, il dénonçait le jeu.

C'était l'instant où d'ordinaire elle se rapprochait de lui sur le canapé, ou s'étendait, posant la tête sur ses genoux. Or, ce soir-là – et ce fut encore un signe avant-coureur –, elle eut soudainement envie de s'en aller, de rentrer chez elle. Elle regardait François, elle croyait le comprendre. Elle voyait ce qu'il ne voyait pas, et même : elle voyait ce qu'il ne voyait pas qu'elle voyait. Il était en retard sur lui-même ; il traduisait, révélait quelque chose qu'il ne savait pas. Elle aurait dû repartir à l'assaut, doucement, lui dire ce qu'elle pensait, aussi pénible que cela fût à admettre ; l'aider à voir en face ce qui depuis longtemps l'usait, au-delà des événements présents qui n'en étaient qu'un symptôme.

24

Elle aurait dû ; mais elle avait envie de rentrer chez elle, de se claquemurer, de s'installer dans son lit avec sa théière et ses clopes, de retrouver cette indolence, cette mélancolie sans amertume qui était son centre, qui avait toujours été son centre.

Elle considérait ce type massif de quarante-huit ans, le visage aux traits un peu flous sauvé par les yeux noirs, magnifiques, et les cheveux gris qu'elle aimait. Elle envisageait ses silences, son humour imperturbable, si discret qu'il échappait quelquefois à ses interlocuteurs, et qu'elle avait appris à repérer.

Elle avait envie de rentrer chez elle.

3

Elle et moi

Je n'étais pas très sûr, au départ, de comprendre Anielka, ni d'en être capable. Les gens ont un versant intérieur, un ubac, et les mots qui proviennent de là s'organisent à leur façon, dessinent des figures parfois énigmatiques. Nous avons des langages différents, et connaître quelqu'un, c'est apprendre la langue dans laquelle il s'exprime. Et puis chaque individu est un mélange infiniment subtil et moiré de composantes, de traits de caractère, de façons d'être ou de réagir. Souvent il me semble que la cohérence d'un être n'est rien d'autre que sa présence physique, sensible. Il est comme ça et il est unique.

Au demeurant, ce que je parviens à voir et à saisir est le plus souvent d'un ordre particulier, qui a priori n'intéresse que moi. Je m'arrête à des détails qui sembleront accessoires, une phrase incidemment prononcée, une attitude, un geste. Je compare tel fait présent à tel souvenir qu'il m'évoque. Je suis le seul lien possible et existant entre les indices que je rassemble pour me faire une idée de ce qui se passe. Ainsi est-ce moi qui ai insisté, questionné Anielka sur la fille blonde au saroual, dans le restaurant. Elle ne l'avait mentionnée qu'au passage, pour souligner que, ce soir-là, elle ne s'intéressait guère à Will. J'ai remis cela en scène, ce n'est rien d'autre qu'une façon de relater cette soirée, de me l'approprier peut-être.

Enfin, on ne raconte jamais que ce que l'on n'a pas compris, que ce qui est obscur. Toute tentative de récit est la réponse au sentiment de désordre et de menace qui procède de l'incertitude. On est sans nouvelles de Kountsevo : tout est là. Tout se passe toujours dans des banlieues filmées de loin, derrière les écrans des récits successifs. N'importe quel moment de la vie, n'importe quel fait humain ouvre sur une infinité de causes, de présupposés, de rappels, de conditions, d'antécédents. On finit par trouver des clefs, ou par croire qu'on les a trouvées. On s'arrange avec ça. On se raconte ce qu'on ignore, pour donner à tout un sens acceptable. Mais le récit que l'on obtient ne vaut guère que pour soi-même; c'est une hypothèse, que l'on peut proposer; rien de plus.

Autre chose, cependant, m'a encouragé, nous a rapprochés : c'est de découvrir qu'elle avait connu, avec une violence extrême, cette même peur de ne rien comprendre à rien. Elle m'a confié plus tard qu'à certains moments, après la fin de son histoire avec Will, il lui semblait avoir perdu la grammaire; non pas le langage, mais la grammaire, ce qu'elle appelait ainsi, la syntaxe de ses rapports avec les autres. « Le langage, ça va, disait-elle, je me débrouille avec les mots, les phrases. Mon père a toujours beaucoup insisté sur la maîtrise du langage, sans doute parce qu'il était venu de Pologne, qu'il avait du français une connaissance surtout livresque, et qu'il souffrait de ne plus s'exprimer dans sa langue maternelle. Alors il faisait comme tous les parents du monde en pareil cas, il poussait ses enfants, et moi en particulier (Anielka pensait avoir été secrètement sa préférée), vers ce qu'il n'avait pas eu. »

Elle m'a raconté qu'il lui faisait lire du Corneille, des pleines pages de Corneille, à voix haute, chacun tenant un rôle. Elle racontait cela, les yeux dans le vague, et je voyais s'y refléter ces dimanches après-midi, au fin fond d'un XVIIe arrondissement faubourien, déjà banlieusard, dans le haut immeuble vieillot à façade de brique, avec la lumière de la fenêtre étroite luisant sur le merisier de la table de salle à manger; j'entendais la voix grave, à l'accent étranger persistant : *Mais, de quoi que pour vous notre amour m'entretienne, / Je ne vous connais plus si vous n'êtes chrétienne...* Et certes le choix était fort judicieux, on peut dire que c'est tapé, Corneille, c'est bien construit, ficelé, du beau boulot d'avocat. *Mais de quoi que pour vous.* Avec ça on connaît le français, pas de doute, c'est la salle d'entraînement, les poids et haltères. Était-ce la seule raison qui lui avait fait choisir Corneille? J'en doute; c'est une autre question, sur laquelle je reviendrai.

Bref, elle se débrouillait avec le langage, et peut-être son histoire tout entière se résume-t-elle à la découverte – bouleversante, violente – que ça ne suffit pas, qu'il n'y a pas qu'un langage, que notre vie est faite de toutes sortes de signes; qu'il est en nous un être caché, inconnu, qui parle une langue étrangère et avec lequel, tôt ou tard, nous devons entrer en conversation.

J'ai très vite observé qu'Anielka... Non, je dois m'y prendre autrement. Anielka est un prénom difficile à utiliser dans un récit. Par exemple, il est impossible de le faire précéder de la conjonction « que ». On peut écrire

« j'observe que Marie-Louise... », « j'observe que Julienne... ». Mais si l'on écrit « j'observe qu'Anielka... », on a l'impression fâcheuse d'entendre vociférer un gros chanteur pseudo-russe avec sa grosse toque, ses grosses bottes et son gros manteau. Idem avec la préposition « à ». « Je n'ai rien compris à Anielka » n'est pas euphonique. Il faut s'arranger pour pouvoir dire « je ne l'ai pas comprise », à la rigueur « je n'ai rien compris à elle », donc l'avoir déjà mentionnée. Avec « de », c'est encore un autre problème : si l'on dit « les mains d'Anielka », on entend au passage « Daniel », et cela ne va pas non plus. Ce n'est donc pas une sinécure que de raconter une histoire dont l'héroïne s'appelle Anielka. Je m'empresse d'ajouter que s'il n'y avait eu que cet obstacle-là sur ma route, j'aurais eu la tâche facile. Moi non plus, après tout, je n'ai pas trop de problèmes avec le langage. Avec ce langage-là.

Qu'avais-je donc très vite observé ? J'ai perdu mon observation en route. Cela n'a pas d'importance, et si cela en a, je le retrouverai en chemin. De tout ce qu'elle m'a livré de son histoire, ces deux scènes, au restaurant de la porte de Champerret, puis le lendemain soir avenue Trudaine, chez François, ne vont pas mal pour commencer. Du reste, elle les indiquait elle-même comme le début, à tout le moins la porte d'entrée, l'accès à ces enchaînements de causes et d'effets qui, dès lors qu'on tente de les suivre à rebours, remontent et circulent à travers tout le passé, vers l'actuel. Elle me rappelait du même coup une vérité qu'il convient de garder présente à l'esprit : c'est que la chronologie n'est qu'une commodité, une convention peut-être, en tout cas un cadre superficiel. Les drames et les comédies de l'existence se déroulent sur une scène intérieure où le passé est contemporain du présent, où le présent lui-même est travaillé en sous-main par le futur, celui-ci préfixé déjà, exigé par l'inconnu qui réside en nous.

Anielka est grave et nonchalante. Toujours éloignée, dirait-on, dans des rêveries impénétrables, elle parle peu et rit peu, sauf si elle se sent en confiance. Elle n'en est pas moins capable de se montrer, dans son travail, volontaire, organisée, à l'aise face aux réalités concrètes, peut-être, justement, parce qu'elle n'y est pas tout entière.

Le physique est un peu lourd, mais attirant ; la poitrine abondante, les épaules rondes, les hanches larges suggèrent une sensualité faite d'abandon, de capacité d'abandon. Assez vite, j'ai pu imaginer le genre de désir qu'elle avait inspiré à François, puis à Will. Ce n'était pas le même genre de désir.

Le paysage autour d'elle, c'était alors son travail à la mairie de L*** ; l'appartement « de standing », avenue Trudaine, près de Saint-Georges, où elle retrouvait François trois ou quatre soirs par semaine, et ce, depuis quatre ans à l'époque où parut Will : j'ai dit un mot déjà de ce décor moderne, avec des tableaux et des livres, éditions rares, volumes fatigués de la Pléiade, car cet homme d'entreprise était en privé un amateur éclairé d'art et de littérature. Et puis l'appartement qu'elle s'obstinait à garder malgré les invites répétées de François à s'installer chez lui : deux pièces, au premier étage d'un immeuble d'époque romantique, en arrondi sur la petite place du Dr-Félix-Lobligeois. À l'arrière, sa chambre donnait sur un jardin orné de prunus et de marronniers. Au-devant, depuis la pièce principale, on pouvait contempler, fermant la place sur le fond de verdure du square des Batignolles, l'église Sainte-Marie, un bâtiment d'inspiration XVIIe siècle, que distingue seul, à l'intérieur, le décor baroque du chœur : un ciel à nuages de stuc, découpé comme un décor de théâtre sur un second ciel devant lequel ondule, en ses falbalas bleus, une Sainte Vierge maniériste.

À présent marié, le père de son fils Quentin vivait du côté des Buttes-Chaumont, dans un lotissement des années 1920, des cottages en brique dans le style anglais. Le garçon y passait la plus grande partie de son temps. C'était un cas particulier; je m'en étais fait la remarque. Le plus souvent c'est la femme qui garde l'enfant, et l'idée de ce môme éloigné de sa mère était bizarre. Eric et Anielka n'avaient pas été mariés. Ces dispositions prises à l'amiable correspondaient, semblait-il, au souhait du jeune garçon. Je n'en ai su davantage qu'un peu plus tard.

On pourra mentionner encore quelques amis, au nombre desquels une copine de fac, Sophie, mariée, deux enfants, qui vit en banlieue sud-ouest, à Villefleurs (vingt-cinq minutes de Luxembourg par le RER B). Son mari, cadre dans une grosse société de gestion de l'eau, s'entend assez bien avec François, en sorte que les deux couples se voient assez souvent.

En arrière-plan, les ancêtres polonais de deux branches. Joseph, son père, était né en 1917 à Katowice, en haute Silésie. Officier, capturé par les Russes lors de l'invasion de la Pologne, il s'était retrouvé un peu plus tard dans les rangs de l'armée Anders, ce contingent de militaires que Staline avait libérés de ses camps pour les expédier aux Alliés, via l'Iran. À ce titre, Joseph avait pris part à la libération de l'Italie avant d'échouer en France. Là, un aumônier de l'armée, avec qui il s'était lié d'amitié, l'avait invité à l'accompagner chez des cousins qu'il avait à Hénin-Liétard, des émigrés devenus mineurs. C'est ainsi que Joseph avait rencontré Joanna, qu'il épousa en 1950, après un bref retour au pays, où il n'avait retrouvé que les ruines de la demeure familiale. De cette alliance, à travers eux, entre la Pologne pauvre et laborieuse, et celle de l'aristocratie catholique, francophile et décavée où il avait grandi, naquirent deux fils et une fille : Anielka, la cadette. Lorsque Joseph mourut en 1988, elle avait vingt-quatre ans.

Je ne suis jamais allé en Pologne. En commençant d'écrire sur Anielka, je me suis procuré quelques livres, Mickiewicz, *Terre inhumaine*, un précis d'histoire, *Une autre Europe* de Milosz. Je savais deux ou trois choses, nous savons toujours ou croyons savoir deux ou trois choses de tout en ce monde : les partages successifs, le joug russe, les nazis, le catholicisme devenu au cours des siècles indissociable de la conscience nationale. Durant toute sa vie d'exilé, son père avait porté la tragédie polonaise, comme Énée fuyant Troie portait Anchise sur son dos. Il reste à prouver que cela joue un rôle quelconque dans son histoire à elle, dans cette histoire, que je voudrais raconter, de sa liaison avec Will.

*

Qui fut Will pour Anielka ? Que lui voulait-il ? Pourquoi allait-il entreprendre de la démolir avec une telle sollicitude, d'aussi exactes prévenances, et elle, se soumettre au jeu avec une docilité fascinée, au point de manquer de lui comme d'un opium une fois qu'il se serait éloigné ?

Je m'étais intéressé à cette intrigue en somme assez mince, banale si l'on veut. J'entrevoyais pour la mettre en scène des perspectives, des lignes directrices. En dépit des doutes précédemment avoués, non seulement sur ma capacité à comprendre Anielka, mais sur notre capacité générale à élaborer un récit qui soit autre chose qu'une convention, j'avais pour l'aborder mon arsenal, mes batteries, ma méthode, tout mon système, mis au point au fil des années, de roman en roman. Si doute il y avait, c'était un doute bien tempéré, apprivoisé, un doute pour amateur de doutes, un doute bien agréable qui engendrait une esthétique. La mienne se fondait sur les lacunes et les conjectures, la dialectique des faits avérés et des vides. J'avais mon idée sur ce que l'on appelle imagination, et sur l'usage qu'il convient d'en faire, ainsi que de l'image imprévue, de l'idée inopinée, de l'association soudaine et sans raison apparente. Tout cela était assez bien organisé, et le reste aussi. Je me distinguais bien dans les miroirs des vitrines, je m'y reconnaissais, et aussi dans ces autres miroirs que l'on installe autour de soi. J'avançais, sûr de moi, confiant et constructif, donc aveugle, j'allais raconter l'histoire d'Anielka; et c'est la mienne qui soudain m'a manqué.

Sûr de moi, donc aveugle : il faudra reparler de cela, et de ce que je cherchais peut-être à mon insu en posant mon regard sur elle; sûr de moi, donc aveugle, et puis un jour j'ai ouvert une porte, comme on ouvre tous les jours la même porte sans y faire attention, la même porte dans la même vie, tranquille, croyant tenir les rênes d'une main ferme, et cinq minutes après, de l'autre côté de cette porte, j'étais sans témoin cette ombre, cet être sans visage qui tombe à la verticale à travers le temps, à travers tout son échec, toute son humiliation et toute sa souffrance depuis toujours et ne peut plus s'y soustraire, et conçoit enfin qu'il n'a jamais été rien d'autre que cette ombre, cette présence sans nom qui tâtonne et trébuche dans son obscurité. Et soudain Anielka, et Will, et François, et ces millions de gens que l'on entreverrait à travers eux, car ils ressemblent à tant d'autres, tous ces gens purent se tourner vers moi, me faire face et demander : qui t'a fait roi ?

4

Will après le spectacle

J'ai conscience d'avoir introduit dans ces pages l'incongruité, l'impudeur. Comment faire entendre la juste note, n'apporter que le nécessaire ? Comment, surtout, convaincre qu'il le faut ?

Je ne dirai rien des circonstances, à supposer que je les connaisse, à supposer que ce qui s'est produit alors relève de circonstances au sens dramatique ou romanesque du terme. Je voudrais seulement donner l'idée de ce moment et des temps qui le suivirent.

La lumière s'était retirée comme l'eau d'un tonneau qui crève. Il n'y eut plus que des paroles gelées dans l'air, et des gestes muets, de vains époumonements. L'été des buts atteints, des terres conquises, des vastes avenues, des édifices érigés, fut un décor qui se démantelait, laissant place à une vérité infrangible : j'étais dans des murs, j'avais toujours été dans des murs, c'étaient toujours les mêmes murs. Je n'avais jamais eu que l'illusion de les franchir, ou c'est moi qui les construisais. Ils étaient là toujours, et de cette permanence, de cette récurrence provenait l'accablement. Je ne pouvais plus faire semblant, je ne pouvais plus me donner à croire que le temps écoulé eût servi à quelque chose. Sur cette scène-là, le temps ne signifiait rien, ne changeait rien, ne passait pas.

Je perdais Anielka, et tous les autres autour d'elle. Je ne pouvais plus croire en ma capacité à les atteindre, en ma légitimité à le prétendre. Je les voyais devant moi et ils ne relevaient pas de moi, ils n'avaient aucun besoin de moi, ils ne me voyaient pas, ils ne voyaient rien si leur regard se tournait vers moi. Il n'y avait rien là qui les concernât. Je n'existais pas. Je ne savais pas aller vers eux. Et je ne savais pas aller vers eux parce que je ne savais pas, ou plus, aller vers le reste de la vie. Je ne comprenais plus leur langage; c'étaient eux maintenant qui pouvaient lire à livre ouvert ma vérité dérisoire.

Je vais trop vite, ou pas assez, tout cela demandera de plus amples détours. Mais aujourd'hui que je vais à leur rencontre avec des forces réévaluées, je ne puis oublier que j'ai été l'involontaire protagoniste d'une histoire dans l'histoire, l'une infléchissant, modelant le récit de l'autre; et si vraiment je veux peindre ce qui s'est passé, je dois poser ici cette pierre noire et amener à la lumière ce personnage-là.

*

Les rencontres heureuses nous rassemblent avec nous-même : tout ce que nous avons été y trouve en quelque sorte un estuaire, tranquille et vaste. L'amour que l'on nous offre justifie et absout le passé : tous les moments, toutes les questions et les réponses, les victoires et les défaites, n'ont-ils pas composé l'être que nous sommes ? Tout est accueilli et compris.

D'autres amours, pas moins enivrantes, nous divisent. Elles sont un miroir qui grossit nos insuffisances, nos échecs, notre éternel et secret échec. Elles nous font juges de notre vie; nous en instruisons le procès sous leur lancinante pression.

Ce qui l'avait poussée vers Will, sans préméditation, c'était précisément qu'elle ne l'aimait guère, que dès le premier soir, en l'écoutant jacter, elle n'avait pas voulu considérer ce qu'il disait. « Je n'écoute pas toujours ce que les gens me disent, mais j'entends quelque chose en eux », m'a-t-elle dit un jour. Will lui avait paru imaginatif, entreprenant, intelligent en somme,

mais de ces intelligences incisives et équarrisseuses, très équipées, dépourvues d'hésitation et
inaptes au repentir, qui ne l'intéressaient pas.
Dans le mouvement des sourcils qu'elle n'avait
pu contenir, à la table du Royal-Villiers, qui
signifiait « j'aime mieux ne rien ajouter », elle
reconnut plus tard une provocation : « Je ne le
savais pas, pourtant c'était bien cela. J'avais,
sans le savoir, décidé de l'affronter, un peu
comme si je m'étais dit : et pourquoi pas ? Pourquoi aurais-je peur ? Pourquoi éviter l'affrontement ? Je ne savais pas ce qui me poussait, je ne
savais pas que j'étais en train de former ce projet. Mais je me demandais pourquoi avoir peur,
ce qui veut dire que j'avais peur. »

Will venait d'avoir trente ans. Il se partageait
entre ses activités d'agent artistique ou d'interprète occasionnel, et l'organisation d'un festival
de théâtre et de poésie qui avait lieu chaque
automne à Candville, dans le Nord. Il appartenait au comité éditorial d'une revue confidentielle de culture et de politique, organe d'une
sorte de club de réflexion regroupant des personnages venus d'horizons divers. Cultivé, féru
d'idées, très théoricien, il s'imposait dans la
conversation par son éloquence, la netteté du
propos, la précision et l'imprévu des opinions et
des remarques.

Le visage était carré, régulier, les yeux marron, le droit taché de bleu, particularité que cherchaient peut-être à dissimuler des lunettes à verres fumés qu'il portait la plupart du temps; les cheveux coupés ras formaient au front une avancée en hémicycle; les pattes en triangle, précisément délimitées au rasoir, poussaient leurs pointes vers les pommettes. L'allure concertée, le verbe maîtrisé, la sûreté de soi : il se distinguait par tout ce qu'elle n'aimait pas d'ordinaire, ce qui ne l'empêcha pas d'être traversée par le pressentiment qu'il pouvait bouleverser sa vie.

Donc il y avait eu cette soirée au restaurant, ce moment pendant lequel elle avait regardé au fond la fille blonde avec son petit ami, et l'agacement éprouvé – non, le mot est trop précis, il ne faut pas préciser si vite; disons plutôt une onde, un coup sourd, le constat qu'elle était malgré elle atteinte, dérangée par cette fille, et par Will, pour des raisons très voisines : leur faconde, leur façon de se poser là, sûrs d'eux, de pérorer. Voilà : Anielka est déstabilisée, et comme par hasard, peu d'instants après, elle lance à ce nommé Will qu'il n'aime que le pouvoir, et elle a ce mouvement des sourcils, aussi dédaigneux et réprobateur que possible dans les bornes imposées par son rôle professionnel.

Il y avait eu cet épisode, et le lendemain, cette envie soudaine de s'en aller alors que François, d'évidence, n'allait pas très bien, qu'il avait quelque chose sur le cœur. Elle s'était sentie coupable. Elle s'était promis de mieux se préoccuper de lui. Ce qu'elle fit. Il y eut des soirées, des week-ends. Il y eut les vacances. On peut passer vite sur ces semaines d'été. Elles existèrent, se déroulèrent, jour après jour, et pourtant il n'y a rien à en dire. Elle ne pensait plus à Will, en tout cas pas davantage qu'à mille autres détails qui reviennent à l'esprit, par moments, sans qu'on n'en fasse rien, simplement parce qu'on laisse vagabonder la pensée.

Deux mois peuvent s'écouler, ou six, ou bien un an : mais à l'intérieur, le temps n'existe pas. Lorsque au début de septembre Will l'invita à une première représentation, dans une salle de Levallois, ce qui s'était noué deux mois plus tôt en un instant se renoua. Elle nota qu'elle était la seule personne de la mairie à qui il eût pris soin d'envoyer une invitation. Celle-ci valait pour deux personnes ; elle en fit profiter sa collègue Annick, la fille aux histoires de mecs tordues.

Will ne jouait pas. Il avait écrit et mis en scène, en collaboration avec deux autres, un spectacle adapté d'une vieille pièce d'André de Lorde pour le Grand-Guignol, débarrassée du pittoresque sanguinolent qui avait fait les beaux soirs de la rue Chaptal, et assaisonnée de réminiscences raciniennes. Tout n'était que séquestrations et travestissements, dominations et soumissions à connotation politique ou sexuelle. Anielka jugea l'ensemble intéressant mais composite, trop chargé d'intentions. Ce mec avait beau faire le malin, il était quand même, dans son métier, un peu léger.

Un cocktail suivit, dans les coulisses. Les deux femmes s'y rendirent. Will, qui dépendait, pour un prochain contrat, du bon vouloir des services culturels, vint à elles sitôt qu'il les aperçut, et reprit son propos comme si la soirée au Royal-Villiers datait de la veille :

– Je suis un réaliste. Représenter les gens dans une pièce, un film, un roman, cela revient à leur dire : voilà, vous êtes ainsi, regardez-vous. Vous fonctionnez avec des principes, des illusions, des certitudes, des efforts... Ça marche plus ou moins... Ça vous tient debout, parfois ça se dérègle... Et ça vous met dans des histoires.

Il parlait ostensiblement pour Anielka, posant sur elle son regard bicolore; elle sentait auprès d'elle l'agitation de sa collègue, dépitée.

– Chacun cherche un pouvoir, qui lui évite d'avoir à trouver lui-même ses repères. Les gens préfèrent être pris en main. Voyez le pape, le mois dernier, pendant les Journées mondiales de la jeunesse, et cette foule de gamins de toutes races et de toutes conditions, autour de ce vieil homme épuisé, presque invalide, dont la voix se perdait dans un souffle : il leur a dit qui ils étaient. Et ça marche. Bien sûr, la plupart l'ont sans doute déjà oublié, ils sont retombés dans leurs ornières, mais c'est une autre question. Ne serait-ce que pendant quelques heures, il les a ravis, au sens du rapt. C'était le joueur de flûte de Hamelin. Il les a arrachés à notre monde. Ils ne demandaient qu'à être emportés.

– Et pourquoi me parlez-vous du pape ? J'ai un nom polonais, alors on me parle du pape ?

Prudemment, il dériva sur son prénom, Anielka. Un diminutif. Du coup, il expliqua pourquoi il avait transformé le sien – Guillaume – en « Will ». À cause de Shakespeare, naturellement, le grand Will. Mais c'était aussi l'auxiliaire du futur : ce que l'on fera, ce que l'on est sûr de faire. « I will get this woman » (tel fut l'exemple qu'il choisit). Et si l'on se tournait du côté germanique, il y avait la volonté, le *Wille* de Schopenhauer. Quel pédant, songeait-elle. Lui, nullement troublé par son regard un peu étonné, un peu ironique :

– Il est indispensable de se rebaptiser. On

ne peut pas garder son nom. On ne peut pas se contenter de ce que les autres ont décidé pour vous.

– Ah oui! Oui. Je trouve ça très intéressant, moi.

Cette fois c'était Annick, la collègue, qui avait pris la balle au bond.

– Je suis tout à fait d'accord avec vous...

Ce ralliement ne sembla pas le bouleverser; elle le sentit et s'arrêta net. Il y eut un flottement. Anielka le considérait avec toujours autant de distance. En voilà un qui se faisait une certaine idée de lui-même. Ce qu'il disait n'était pas idiot, pourtant elle le trouvait prétentieux et vaguement ridicule.

Elle revint en arrière :

– Dire aux gens qui ils sont... Vous savez, nous, à la mairie, on administre quarante-cinq mille habitants dont quinze pour cent de chômeurs, vingt-huit pour cent d'immigrés de diverses provenances, dix-huit pour cent d'électeurs du Front national, trois ou quatre religions, je ne vous dis rien des problèmes des vieux, des questions scolaires et de la délinquance. Alors, allez-y, vous, leur dire qui ils sont.

– Pourtant vous travaillez là.

– En passant mon temps à me gourer. On

échoue forcément. On bricole. Bon an mal an, on finit par faire quelque chose. Mais les gens échappent à cela, ils sont dans leur vie...

– J'aime bien que vous disiez cela. Moi, j'ai un truc : je leur fais du théâtre.

5

C'est l'histoire d'un rapt

Ce fut Annick qui lui reparla de Will.

Anielka avait éprouvé une sympathie immédiate, empreinte d'amusement, pour cette
grande brune un peu déjetée, un mari, un
enfant, qui avait travaillé à la comptabilité du
Printemps avant son recrutement par la mairie,
trois mois plus tôt. Annick était bavarde.
Anielka trouvait reposant de l'écouter parce
qu'elle avait une jolie voix et un humour dont
on ne pouvait dire s'il était totalement volontaire. Nombre de collègues ne l'aimaient pas;
elle s'était acquis en peu de temps une réputa-
tion de « faiseuse d'histoires ». Anielka se disait
que c'était vrai, peut-être, et qu'elle s'en fichait.
Plusieurs fois déjà, elles étaient allées déjeuner
ensemble dans le bistro-salon de thé-bouffe
rapide situé derrière l'église. Anielka, surveillant
ses rondeurs, chipotait sur ses concombres à la

crème ; l'autre zoomait sur des pâtés à la viande d'inspiration libanaise, qu'elle dévorait à vive allure accompagnés d'une salade aux noix et d'une tarte Tatin, ce qui ne l'empêchait pas de parler, la bouche pleine, sans attendre toujours les réponses : « C'est vraiment joli comme prénom, Anielka. C'est pas commun. Oh, il y a une amie de ma sœur, tu ne devineras pas comment elle a appelé sa fille : Pandora ! » « Ah oui alors en fait tu as un mec qui gagne du fric... Et tu n'as pas envie d'arrêter de bosser ? » Non, Anielka n'avait pas envie : « Je suis seule avec mon fils, enfin je continue à me considérer comme ça. Et puis François a deux filles plus grandes, je ne veux pas m'interposer entre elles et lui. Alors je garde mon boulot et mon appartement. De toute façon il est payé, maintenant, ça ne me coûte que les impôts. »

Annick s'était intéressée de près à cet appartement :

— Autrement dit, tu n'y vas pas beaucoup ?

— Principalement quand j'ai mon fils.

— Et... Je peux te demander un truc ?

— Oui.

— Euh... Enfin si ça te gêne, tu dis carrément non...

— Dis-moi.

– Tu me passerais la clef, des fois, dans la journée ?

Ce fut donc cette Annick qui reparla de Will, avec une gourmandise joyeuse d'adolescente affriandée de petites histoires. « Mais si, voyons, tu lui plais, c'est évident... Vous vous cherchez, tous les deux. Ça se voit. »

Anielka feignit l'indifférence, mais elle savait déjà que c'était vrai. Peut-être Annick, en le lui confirmant, contribua-t-elle à faire émerger ce qui fût resté, sans cela, dans les profondeurs ? Ce qui est sûr est qu'elle prit l'initiative de téléphoner à Will, sous un prétexte qu'elle inventa.

*

Ce fut donc cette Annick qui lui reparla de Will... Mais est-ce que je pouvais, moi, parler de ces gens ? Sérieusement ? Au nom de quoi ? Pouvais-je savoir qui ils étaient sans savoir qui j'étais ?

Que se passait-il ? Qu'était-il arrivé ? Cette chute dans un précipice. Ne plus se reconnaître. Ne sentir de toute chose, de tout être, que son inaccessibilité. Ne plus m'identifier qu'à mes échecs, que seul je connaissais.

Force me fut de dire adieu à celui que je voyais passer dans les glaces des vitrines, sachant toujours où il allait ; mais je ne savais plus qui mettre à sa place. Mon visage fut de sable, je ne savais plus à quelle distance de moi se trouvaient les autres visages, les maisons, le ciel, ni si l'on entendait ma voix.

Tout m'atteignait. Les autres, leur énergie, leurs rires, leur espèce de tranquillité dans la vie. Droits dans leurs bottes, les autres, du moins ils en avaient l'air. J'étais loin d'eux. Terriblement loin. Je ne les voyais plus, j'en étais réduit à les imaginer, à me les représenter comme les habitants d'une ville à moi interdite, à la nuit tombée, lorsque les lumières jaillissent de l'obscurité sans la dissiper, lorsque les mots et les désirs s'aventurent au flair, au jugé, à l'intuition, dans les méandres des vies qui sont encore en jeu. (Anielka devait connaître ce sentiment, par la suite, dans l'hiver, et je saurais le décrire.)

Bien des pensées ou des réflexes auxquels je m'étais, consciemment ou non, appuyé, me manquaient à présent, ou du moins je ne voulais plus y recourir. Des architectures trompeuses. L'ironie, l'orgueil. Un certain usage des mots. M'intéressaient-ils vraiment, les autres ? Je les croyais si transparents. Leurs petites histoires, n'est-ce pas ! Leur psycho ! Leurs « amours » ! Toujours les mêmes vieilles ficelles. Je prenais volontiers ça de haut. Et c'est vrai sur un point, c'est vrai en un sens : à l'instar des grands événements tels que naître et mourir, les histoires en lesquelles il nous semble vivre ce que nous avons de plus personnel, de plus singulier, sont ce qu'il y a de plus codifié, de plus semblable partout et pour tous. Vieux ressorts éternels, mécaniques énonçables sous forme de lois. On ne peut pas dire que ce soit faux, et c'est aussi ce qu'on croit savoir quand on a goûté La Rochefoucauld, Chamfort ou Vauvenargues. Cela faisait partie de mes remparts; je m'installai en surplomb par rapport à ceux que je prétendais décrire.

Ce dédain ne se voyait pas trop, peut-être, dans mes livres. On ne peut pas donner l'existence tout en la refusant. Le roman résistait, et la résistance du roman n'est rien d'autre que la résistance de la vie. Mais j'avais cette arrière-pensée.

Et puis j'avais été rattrapé. Comment, pourquoi, c'est un autre sujet. Mais enfin j'ai cessé de faire le fier. Comment cesse-t-on de faire le fier? Pas compliqué. C'est arrivé à d'autres, à bien d'autres, que de se résigner un beau matin à aller voir un monsieur ou une dame qu'on paie pour qu'il ou elle écoute, et on se retrouve à poil, voilà, on dit « Monsieur, Madame, je viens vous voir parce que je suis en morceaux ». Voilà. En morceaux. C'est une histoire banale.

On a fait le fort comme bien d'autres, on maîtrisait bien tout, le boulot, l'argent, les projets, ses relations avec la boulangère, on connaissait son affaire... On avait bien rangé le passé avec des étiquettes. Et puis il vient un jour où l'on ne peut plus éviter ce qui était là, qu'on ne voulait pas savoir, et qui vous avale.

Qui étais-je ? D'anciennes images s'étaient ruées dans le présent, télescopées, aplaties l'une sur l'autre, à rebours du temps – ou bien c'était un puits dans lequel je tombais, et jamais je n'avais été ailleurs que là. J'avais sept ans, j'en avais quatorze, j'en avais vingt. Je ne sais pas. Les mêmes murs, les mêmes vitres, derrière quoi la vie se passe de nous. La même impossibilité d'être. Ces choses-là se produisent hors du temps, et justement, je ne pouvais plus croire à l'utilité du temps, au temps mis à profit. Le temps était un leurre, une illusion, une brise qui passe sur des murs qui demeurent; ou, s'il bougeait, c'était pour m'éloigner de tout, me ramener dans le passé, ou se précipiter en avant, vertigineusement, comme les wagonnets des montagnes russes. En décembre, je me crus en janvier. En janvier, je me crus en mars. Un fantoche, livré à toutes les gifles du vent, s'efforçait encore de vaquer aux occupations quotidiennes.

*

53

« Et ça vous met dans des histoires », avait dit Will. « Ça marche plus ou moins, ça vous tient debout, ça se dérègle... Et ça vous met dans des histoires. » Je ne connais pas tous les épisodes de celle-ci, qui ne dura pas plus de trois mois. On voit toujours les gens de loin, à travers des vitres, au passage. On les croise; ils sont pressés; ils ne disent pas ou ne savent pas, ou n'ont aucune raison de vous dire quoi que ce soit. Les autres, ceux qui les connaissent un peu, résument dans leur langage : « Elle s'est jetée dans une histoire hyper-passionnelle avec un mec plus jeune... Ça a été la cata. Il la laissait tomber, la reprenait... » Et l'autre, qui connaît la vie : « Oui oui, OK, je vois. En fait ce genre d'histoires on les veut. – Je pense aussi. Elle avait un truc assez établi, tu vois, le côté sécurisant... » Et voilà, et en gros c'est bien l'histoire d'Anielka, on peut la résumer ainsi. C'est l'histoire d'un rapt suivi d'un abandon, et à travers ce mouvement de balancier, toute sa vie est remise en jeu, en question, sa vie présente et passée – car nous modifions le passé, au moins le récit du passé, tout est susceptible de reconstruction, de jugements nouveaux; des aspects négligés revêtent une importance qu'ils n'avaient pas; on ne sélectionne pas toujours les mêmes événements, on découvre, à moins qu'on

54

ne les invente et fabrique de toutes pièces, des logiques nouvelles. On démolit d'anciennes convictions que l'on s'était forgées sur soi-même, sur l'amour, sur la vie, sur les autres. Ce travail, qui se fait en nous d'instinct, n'est pas en son principe très différent de celui dont nous ont donné le spectacle les écoles historiques depuis qu'elles existent. Il découle de là que ces trois moments, le rapt, l'abandon, le retour sur le passé, ne peuvent pas être traités successivement. Il faudrait tout envisager à la fois. Ce qui compte, ce sont les corrélats, les rappels, les anticipations, les circuits enfouis.

On peut tenter aussi de considérer une histoire comme un paysage. Dans l'automne, on voit Anielka chez Will, sur un canapé ou un lit, ardente, inquiète, heurtée et appelant. Dans l'hiver, une mendiante. Début novembre a lieu le festival de Candville, elle prend un jour de congé pour l'y rejoindre. Elle a découvert l'existence d'une fille rousse qu'elle n'aime pas, et dont elle ne parvient pas à savoir quel rôle elle joue dans l'existence de Will. Dans l'hiver, une mendiante. Des moments avec sa collègue Annick, un week-end chez Sophie à Villefleurs. Des scènes d'amour en plein jour peuplées de paroles, où revivent toutes les Anielka, l'enfant, l'adolescente, la jeune femme, la jeune mère. Et dans l'hiver, une mendiante, en manteau gris, le cheveu vague, l'œil éteint, qui marche vers la gare de l'Est.

Anielka est restée discrète sur les débuts de leur histoire, les circonstances. Je sais qu'ils se revirent à la suite de son coup de fil, quelques jours après la représentation à laquelle il l'avait invitée.

Trois ans plus tôt, se donnant la satisfaction d'anticiper le mouvement de mode qui s'est dessiné alentour depuis la rénovation du quartier Montorgueil-Saint-Denis, Will était venu habiter dans la partie la plus ancienne de la rue Greneta. L'immeuble appesantissait sur la rue l'ombre froide d'une large façade pré-haussmannienne à deux étages, oblique et sale, percée d'un gros portail, surmontée de mansardes. Son appartement était au second. Une chambre donnait sur la cour, les deux fenêtres de la pièce principale ouvraient sur la rue. Le sol revêtu d'une moquette pêche, l'absence de table à manger, le canapé de vieux cuir plein de crevasses, un secrétaire déglingué, la cheminée fermée d'une cloison peinte parvenaient à composer un décor agréable sans avoir l'air de le chercher. Les étagères à livres couvrant un pan de mur ne donnaient pas l'impression d'être une bibliothèque. Une table dans un coin supportait le répondeur-fax, le minitel, un micro-ordinateur, une imprimante. Will possédait aussi un téléphone mobile et une adresse « e-mail ».

La première fois qu'elle vint là, elle regarda au-dessus du canapé un tableau représentant une femme nue, dans un style proche du cubisme : seins et fesses, épaules et profil, avant-bras reconnaissables et dissociés dans du vert. Dès la deuxième fois qu'elle défit devant lui les boutons de sa chemise, elle lui dit : « Je veux être celle-là. »

6

Paris en toile de fond

Et tout cela – l'histoire d'Anielka, de François et de Will, et les histoires de milliers d'autres autour d'eux – se passe à Paris et dans la proche banlieue, entre juillet 1997 – première rencontre d'Anielka et Will – et avril 1998, date à laquelle, l'histoire close, elle commence à me la raconter.

François rue de Berri (direction) ou à la Défense (bureaux), dans l'assurance des sociétés, Anielka en banlieue dans l'action culturelle, Will dans le théâtre et la réflexion politique : acteurs de plus ou moins de poids, inscrits dans un monde et une époque, ils ne choisissent pas, et sans doute faut-il admettre qu'ils sont, d'une façon ou d'une autre, marqués, forgés, orientés par cette époque et ce monde.

Paris 1997. On dit Paris, et l'on voit d'abord des rues, des couloirs de métro, de l'agitation, de la circulation, des millions de pas et de klaxons qui vont quelque part, qui crient quelque chose; des kiosques et des affiches qui ont un milliard de choses à vous dire sur tout. On voit d'abord des signes, de l'expression, de l'interpellation. Paris univertexte. Sémiopolis. Des millions de coups de fil, de rendez-vous, de transactions, de projets, de conflits, de dates inscrites sur des agendas, de regards d'hommes sur des femmes, de regards de femmes sur des hommes. Ils ont des entretiens, des déjeuners professionnels, des urgences, des priorités. Ils disent: « Je souhaite que cette réunion nous donne l'occasion de... » Ou bien: « C'est un projet que j'ai à cœur de faire avancer. » Ils pensent que « l'idée pourrait intéresser Untel ». Ils parlent franc, clarifient les données du problème, disent qu'« il s'agit de savoir dans quelle mesure... ». Ils précisent que « si vous voulez aboutir rapidement... », ils avertissent que « moi, dans ce cas-là... ». Ils s'arrangent pour placer dans le temps du déjeuner le moment où l'on plaisante un peu, où l'on évoque brièvement les loisirs, la famille. Tout en parlant, ils regardent les mains du type, en face, ou la bouche de la femme, en face. Ils pensent à rompre une liaison ou désirent en avoir une. Ils trouvent qu'ils ne rencontrent jamais un mec intéressant, une fille vraiment sympa. Mais leurs désirs non plus ne vont pas où ils veulent. Ils se découvrent contraires à eux-mêmes. Ils se sentent mal parce qu'ils ont pris des kilos et que leurs habits les gênent aux entournures.

Paris 1997. On épilogue, opine, prophétise, admoneste, polémique sur la monnaie unique, la Yougoslavie, Internet, l'ESB : tout ce qui est déjà là, ce qui a déjà dépassé tout le monde. Beaucoup de manifs, de prides et de citrouilles, de journées des femmes, des droits de l'enfant, du patrimoine, de la bicyclette, de ceci, de cela. Beaucoup de rollers et de masques anti-pollution. Beaucoup d'événements organisés, des sculptures modernes sur les Champs, des patinoires et des crèches place de l'Hôtel-de-Ville. Suspendu à la tour Eiffel, un gigantesque compte à rebours électronique égrène les jours d'ici à l'an 2000. À l'Alma, des couronnes, des ex-voto, des messages jonchent le parterre, autour d'une grosse flamme dorée, au-dessus du tunnel où la princesse Diana a trouvé la mort.

En juin 1997, à sa propre surprise, la gauche a reconquis le pouvoir. Anielka travaille dans une mairie de gauche, elle est de gauche elle aussi, depuis la fin de l'adolescence. Son père, échauffé contre le communisme, était de droite. François est plutôt du genre libéral-social-européen-raisonnable. Il aurait préféré Balladur à Chirac, juge toutefois Dominique Strauss-Kahn compétent. Il défend le libéralisme en tant que système. Il tempère les idées généreuses de sa compagne en lui faisant sentir « les réalités de l'entreprise ».

Paris rive droite, Greneta, Saint-Georges, Batignolles. François s'est toujours demandé pourquoi elle s'obstinait à garder son appartement. Il a d'ailleurs son idée sur la question : c'est un lien avec son enfance. Elle a grandi dans le XVIIe, et qui sait si la proximité de l'église, de la Vierge baroque dans ses nuages et ses plis blancs et bleus, ne représente pas quelque souvenir d'Europe centrale. Elle n'a jamais trop osé dire qu'elle trouve le quartier Saint-Georges fermé, joli mais froid. Elle pense que cela ferait de la peine à François. Il est sensible, François.

Paris, Paris. Il faut bien essayer de voir à quoi ressemblent les gens dans Paris. De quoi ils parlent, de quoi ils ont l'air, ce qu'ils font, ce qu'ils acceptent. Dire qu'ils sont marqués par l'époque est à la fois un truisme et une hypothèse; cela paraît évident tant qu'on n'entreprend pas de définir de quelle façon. Par exemple, chacun dans son travail, c'est-à-dire tout au long de la journée, François et Anielka se trouvent placés, suivant des points de vue différents, en face des problèmes économiques et sociaux. Cela reflue sur eux, leur donne une vision du monde, même si, vers dix-huit ou dix-neuf heures, ils retrouvent leur quant-à-soi, leur question individuelle. (Je ne parle pas de Will, qui va au-devant, qui se donne pour un spécialiste de la pensée.) Leur aventure demeure d'ordre privé, personne ne les y pousse, personne ne les en empêche, personne n'est censé être tenu au courant. Toutes nos histoires sont plus ou moins clandestines. Mais il y a quand même des mœurs, il y a ce qui est accepté, ou réprouvé, ou encouragé dans les magazines, à la radio, à la télé. On s'adresse à eux tout le temps par voie d'affiches, par voie de presse. Il y a un monde tout autour qui, d'une certaine façon, délimite ce qu'ils peuvent être.

Bon. Et moi, je pouvais poser cela, l'installer devant moi comme on prépare ses couleurs, sans pour autant cesser de me sentir inférieur à tout et fatigué de tout.

Will, Anielka, François, et cette Annick de rencontre, raccrochée au passage, ajoutée à la liste des personnages, ils étaient là, tous, et je me sentais loin d'eux, humble, misérable, vraiment pas flambard – ou encore purement et simplement écœuré, ayant moi aussi envie de m'en aller, de me désintéresser d'eux, de leurs salades, avec le geste pour repousser la table de celui qui n'a plus faim. Tout abandonner, mais pour aller où ?

Un visage de sable. Je ne savais plus à quelle distance étaient le visage des autres, les maisons, le ciel, ni si ma voix portait, si mes mots pouvaient être entendus, si j'entendais ceux que l'on me disait. Je ne savais plus où je commençais, où je finissais. Tout m'envahissait comme l'eau, comme l'air. J'étais un cerceau de papier crevé où bondit le lion, le feu. J'avais commencé l'histoire d'Anielka, et en ce domaine particulier du roman qui me définit aux yeux du lecteur, et qui seul me légitime, cela se traduisait par le « qui t'a fait roi », le « au nom de quoi ». Au nom de quel savoir-faire, de quelle aptitude ? Au nom de mon incapacité à vivre sans ce détour, cette vacance, ce répons ?

Oui, je pouvais dessiner Paris autour d'eux, poser quelques détails d'ambiance, les voir au café ou sur les quais du RER, mais jamais je n'en avais été proche, jamais je n'avais été parmi eux, je les maintenais à distance, tout ce que je faisais, pensais, installais, c'était pour les mettre à distance. Dans ce but j'avais observé, lu, écrit, creusé des fossés, élevé des défenses. Et maintenant ils me manquaient, me renvoyaient à cette solitude redoutée et consentie, subie et puis construite, dont je connaissais si bien, en divers moments, les visages et les coordonnées. Sept ans. Quatorze ans. Vingt ans...

Ils ne m'attendaient pas. On pouvait se passer de moi. Contrairement à ce qu'on se figure, le monde se passe très bien de nous. C'était moi qui avais besoin d'eux, et nullement l'inverse. Cela peut paraître une découverte dérisoire.

Mais...

7

« Je veux être celle-là »

– Et alors, ça y est ?... C'était où ? Chez lui ?
Ah, j'aimerais bien savoir comment vous êtes
tous les deux... Remarque c'est idiot, ce que je
dis, je ne connais déjà pas ton mec, enfin je veux
dire François...

La scène est à la mairie. Annick est venue
bavarder, sous prétexte d'apporter un café dans
un gobelet de plastique, obtenu pour deux
francs à la machine, au bout du couloir. Elle
s'est assise, d'une fesse, sur le coin du bureau
métallique de couleur militaire, repoussant légèrement une panière rectangulaire gris pâle,
emplie de dossiers.

Anielka, songeuse, répond qu'il habite rue
Greneta. Elle trouve en un sens amusant ce que
vient de dire sa collègue, et qu'on peut traduire
de la sorte : « Ce serait bien de te voir avec ton
amant, mais seulement si je connaissais ton

mari, enfin ce qui en tient lieu, le légitime. »
Histoire de comparer, sans doute ? De vérifier
ce que l'un a et que l'autre n'a pas ? Beau mec de
trente ans contre quinqua fatigué ? Amusant en
un sens, mais il en résulte qu'elle n'a pas une
grande envie de raconter une histoire dont la
tonalité n'est pas celle, un peu gamine, un peu
« nana », où Annick, appelant la confidence
canaille, incline à l'installer.

Qu'est-ce qu'elle expliquerait ? Anielka est
devenue l'amante de Will. Il lui déplaît et il la
trouble, elle est méfiante et attirée, situation que
l'on voit dans tous les petits romans sentimen-
taux, et voilà, ça se termine au lit. Tout cela,
ainsi raconté, semble évident, mais ne va pas de
soi ; comment emmènerait-elle Annick dans ces
parages, où elle-même se repère si mal ? Anielka
est d'un calme trompeur ; cette nonchalance,
cette patience qui font, par exemple, que personne ne l'a jamais vue s'énerver ou se mettre
en colère dans son travail, n'empêchent pas les
tensions, les tempêtes, les paniques. Lorsqu'elle
avait décroché son téléphone pour rappeler
Will, ç'avait été dans un état second, une
compulsion presque.

« Je veux être celle-là », avait-elle dit en désignant la femme du tableau, désunie, démembrée, dispersée dans le vert. Elle l'était déjà en se

jetant dans cette histoire, obéissant à elle ne savait quoi en elle-même, effrayée autant qu'attirée, débordée. Elle avait provoqué les événements sans préméditation ni projet, comme on peut avoir la fantaisie de se détourner du trajet habituel, d'emprunter une rue où l'on ne va pas d'ordinaire. Ce fut la rue Greneta, ce fut Will.

Elle vivait alors avec François depuis quatre ans et n'avait jamais été tentée par ce qu'on appelle des aventures. « J'étais heureuse avec lui. C'était une relation qui me convenait bien. Enfin, je croyais. J'aimais sa sensibilité, sa gentillesse. Et puis ce côté un peu douloureux, chez lui. Il bossait dans les chiffres, l'économie, l'entreprise, et en même temps c'était un amoureux des poèmes. Il savait par cœur du Marot, du Malherbe, du Valéry. Cela représentait pour lui autre chose qu'un passe-temps de cadre supérieur raffiné : cela exprimait la nostalgie d'un autre univers, le sentiment de sa vie dévorée jour après jour par quelque chose qu'il n'aimait pas ou plus, qui le blessait. J'étais émue par cette fragilité discrète, et puis par sa sollicitude, son désir de partager ce qu'il aimait, ce que j'aimais. »

Il l'emmenait souvent à Batz-sur-Mer, où il possédait une petite maison de pêcheurs, tout l'héritage de ses parents. Ses plaisirs, là-bas, étaient d'acheter du poisson, de faire la cuisine, de marcher le long de l'océan, de mettre à l'eau quand le temps le permettait le Zodiac enfermé dans un garage attenant, pour gagner Piriac ou Le Croisic. Il lui avait souvent proposé de visiter ensemble la Pologne, où elle n'était jamais allée. Elle n'en était pas impatiente. Il avait lu des livres sur l'histoire de ce pays au XXe siècle. Elle confrontait ce qu'il en disait aux souvenirs de son père ou de ses grands-parents maternels – le peu qu'elle en avait recueilli et retenu.

Elle-même, donc, avait été surprise par son désir d'approcher Will. « Je n'ai jamais trompé un homme. Je ne savais pas que j'avais envie d'autre chose que de ma vie avec François. C'est vrai qu'à bien y regarder, il y avait peut-être des signaux que je ne comprenais pas. Par exemple, il me venait quelquefois à l'esprit que j'aurais pu tout aussi bien être quelqu'un d'autre, dans un autre genre d'existence, d'autres rapports. Mais je suppose que c'est banal. On se dit tous, un jour ou l'autre, que ce qu'on est devenu tient du hasard, qu'une autre version de soi était possible. Dans l'éventail de tout ce qu'on peut devenir, qu'est-ce qui fait que telle tendance, telle facette de nous l'emporte, prend la tête ? J'y pensais quelquefois, mais je ne savais pas que cela pouvait signaler un manque et un désir. Et puis d'autres forces s'exerçaient. La vie me faisait peur, j'étais passée par des moments difficiles. François me protégeait. Ceci équilibrait cela. »

Des moments difficiles ? Anielka ne me disait pas encore tout, et ce qu'elle me disait, je le prenais peut-être un peu vite pour argent comptant. Je décèlerais plus tard ses silences, ses élisions, j'en comprendrais le motif. Qui est prêt à avouer sa vie ? Tout n'est pas facile à raconter.

Ni à demander. Je reculais devant certaines questions. On peut suivre loin des personnages fictifs : aucune pudeur, aucun respect de l'intime n'empêche de tout imaginer et de tout dire. Mais Anielka, François, Will, c'était autre chose. En réalité, j'ai le plus souvent déduit Will de François. Elle évoquait plus volontiers ce dernier, en général pour conclure ou souligner que Will était tout le contraire. Cela donne un cadre, même si la vie est toujours plus nuancée et complexe que les schémas auxquels on croit pouvoir la réduire. Donc : François rassurant, Will inquiétant ; François tendre et demandant la réciproque, Will aisément dur ou cynique, et insaisissable. François repérable et identifié, avec des goûts, des points d'appui, une existence prévisible; Will dans la vie extérieure, multiple, féconde, changeante et par le théâtre indéfiniment multipliée.

Elle le revit les samedis, puis les soirs où François était avec ses filles. Les prétextes professionnels, manifestations municipales, spectacles à voir, ne manquaient pas. Elle oublia ce qui lui avait déplu en Will, la parade, le côté discoureur qui l'avaient rebutée au Royal-Villiers. Du jour au lendemain, elle se prit à aimer la vigueur cinglante ou provocatrice avec laquelle il exprimait une vision critique de la société. La critique : c'était un de ses mots favoris. Will était possédé du besoin de modifier, de déstabiliser tout ce qu'il touchait. Il ne se contentait pas d'exister, il lui fallait signifier, il fallait que sa présence fût une intervention. Sa coupe de cheveux, ses lunettes noires, son look très étudié étaient un comportement de comédien. Elle avait voulu, elle voulait être là, face à cela, s'y mesurer, dans la tension et l'inquiétude.

« Je veux être celle-là. » L'image de la femme peinte fut d'abord un fantasme sexuel. Will aimait environner l'amour de paroles et de miroirs. Il aimait l'agression, les alternances imprévisibles de douceur et de fureur, de finesse et de brutalité. Elle aima le contraste de leurs corps, le sien en rondeurs, celui de Will mince et nerveux. Il lui arriva de se rendre rue Greneta obsédée par l'idée fixe de monter, de se mettre nue à peine refermée la porte et de se livrer au désir. Et c'était bien alors une autre Anielka. Lui, souvent, commençait par se dérober, comme s'il ne sentait pas, ne voyait pas, ne soupçonnait rien. Il y venait ensuite, imprévisiblement, ardemment, et il fallait le prendre quand c'était offert.

Ce qu'il n'aimait guère : jouir. Il s'arrêtait exprès ; remettait à plus tard. Finissait par se laisser aller et demeurait un moment morose. Puis il parlait, en marchant dans la pièce, de son travail, de politique, les deux mêlés.

« À travers ses dirigeants actuels, la France se découvre un pays en recul, inférieur, soumis, démodé. Le Front national, c'est une soupe mélancolique : tous les vieux complexes ravalés, les fixettes mal purgées, les hontes coloniale, pétainiste... Il faut renouer les liens des Français avec leur passé et entre eux. L'autre jour j'ai vu un spectacle de chansons et de sketches. Il y avait un petit Beur de quinze ans qui récitait le poème de Hugo :

> *Je ne songeais pas à Rose ;*
> *Rose au bois vint avec moi...*

« Il y mettait une drôlerie et une vérité

71

incroyables. Cet enfant d'immigrés, grandi à l'écart de notre culture, s'en emparait, s'y glissait à l'aise, y imprimait sa marque : il s'y retrouvait. En face il y avait un public qui a priori pouvait être assez con, des péquenots de la Brie, des fromagers enrichis... Ils ont applaudi. À cet instant, plus un seul d'entre eux n'était raciste ou xénophobe, à supposer qu'ils l'aient été... Un tel moment est une victoire de l'art, une utopie réalisée pendant dix minutes. »

Ou bien :

« Le Pen et sa clique sont les alliés numéro 1 de la marchandise mondiale. Une fois désignés comme le mal absolu, tout ce qui n'est pas eux est acceptable. Ils détournent l'attention de ce qui est vraiment au pouvoir. Après ça, mets-les aux commandes, ils seront laminés en trois mois, comme les autres, leur programme ils se torcheront avec. Nos gouvernants ne sont plus que des commis. »

Elle le suivit dans ses rendez-vous, fréquenta avec lui les bistros du quartier Montorgueil. Elle eut dans son sac des numéros de la revue *Contredit*, au comité de rédaction de laquelle il siégeait. Elle allait le retrouver le soir à des répétitions. Elle attendait qu'il eût fini. Ils allaient dîner et buvaient. Il parlait des comédiens avec dureté : « Il faut que je les démolisse : ils m'en voudront mais ils se trouveront. »

Ils revenaient chez lui, elle ôtait sans préambule sa chemise, son soutien-gorge, et le regardait dans les yeux.

Après l'amour, s'arrachant très vite à elle, il parlait de nouveau :

« L'homme et sa mort se cherchent. J'essaie d'écrire un spectacle où l'on verrait des personnages en proie à leur désir de se briser, de détruire une à une leurs identifications. C'est vrai dans l'intime comme dans le collectif : après avoir été longtemps portés par quelque chose, les gens veulent se casser, voir ce que ça donnerait. Je m'inspire d'un jeune type dans une banlieue pourrie de l'ex-Allemagne de l'Est, qui devient néo-nazi. Il est né sous le communisme, il se retrouve un laissé-pour-compte du libéralisme. Tout ce qu'il trouve comme représentation valorisante, c'est le nazisme. Il a la nostalgie de Hitler qui aurait fait de lui un beau guerrier dominateur, l'aurait lancé à la conquête du désert. Il pue la souffrance. Je joue sur les costumes. Une époque, une société nous donnent un costume. C'est très évident avec les femmes. Vos magazines en sont pleins. Voilà ce que vous pouvez être, ce qu'il est souhaitable d'être. Mais parle-moi de toi... Tu as un enfant, alors ? »

Et il fallait qu'elle parlât, racontât. Il la pressait de questions. Il voulait cerner, cadrer, savoir. Elle aima ces questions, leur rythme rapide qui lui laissait à peine le temps de répondre. « L'homme et sa mort se cherchent » : de telles affirmations la troublaient. Il y avait beaucoup d'étonnement dans le regard qu'elle posait sur lui, dans l'attention qu'elle prêtait à ses propos. Elle se demandait ce qu'elle venait chercher. Elle s'en allait en désirant le revoir, recommencer.

Mais je les ai laissées toutes les deux, Annick et Anielka, dans le bureau de la mairie, l'une à sa table, l'autre assise sur le coin de la même table; celle-ci un peu excitée, gourmande, espérant des révélations; celle-là sur la réserve, éludant, voilant, redoutant que l'autre, ayant eu accès aux prémices de l'affaire, ne se sente maintenant autorisée à réclamer la suite. Annick ne comprendrait pas ce qu'elle-même avait du mal à cerner; tout serait réduit à des lieux communs, de la caricature.

Mais contrairement à ce qu'elle redoutait, Annick n'insista pas. Il ne faut pas surestimer la curiosité des autres, ils sont tout à leurs propres

affaires. Annick se mordilla la lèvre, laissa s'installer un silence, elle regardait au-dehors à travers la fenêtre, et soudain, légèrement troublée :
– Moi aussi, j'ai une histoire, dit-elle.

8

Enjeux, moyens et stratégies

Enjeux perçus par l'acteur (*représentation*) + Moyens et capacités de l'acteur (*culture, atouts, handicaps*) = Stratégies jouées par l'acteur.

Je retrouve dans le dossier Anielka, c'est-à-dire le tas de brouillons informes et de notes à peine lisibles qui est mon point de départ, cette feuille photocopiée je ne sais où.

J'ai depuis longtemps un goût prononcé pour ces réductions, ces diagrammes, ces grilles de décodage qui se trouvent à profusion dans les livres de sociologie, d'analyse transactionnelle, de dynamique des organisations, toute cette littérature qui constitue probablement la version moderne, remoulinée par les « sciences humaines », des adages de nos vieux moralistes, avec, en général, l'objectif non dissimulé de mieux presser le citron de l'employé. Je les collectionnais, j'en mettais en réserve pour des romans futurs. Il y avait, pensais-je, quelque chose à tirer de là, ne fût-ce que pour s'en démarquer, dérégler le jeu. Les producteurs de toute cette ingénierie savent-ils qu'ils piétinent en quelque façon les plates-bandes de la littérature? L'analyse transactionnelle, appliquée à n'importe quelle scène de Racine, « fonctionne » admirablement bien, ce qui tendrait à prouver que Racine est le véritable inventeur de l'analyse transactionnelle, mais qu'il ne s'en vantait pas.

Enjeux, moyens et capacités, stratégies. J'avais recopié ailleurs les trois termes, sans m'apercevoir qu'à la place d'« enjeux *perçus* par l'acteur », j'avais écrit « enjeux *perdus* par l'acteur », ce qui, tout compte fait, était déjà plus intéressant.

Enjeu perçu : comprendre Anielka. Autant dire la posséder, métaphoriquement au moins (mais pourquoi elle? enjeu perdu). Moyens et capacités : rien que des handicaps. Stratégie : néant.

J'avais perdu ma règle du jeu, cette stabilité, cette confiance, cette contenance qui, de loin, pouvaient me conférer une existence et une allure. Je les avais perdues, j'en souffrais, et en même temps je les dénonçais, j'en déchirais et froissais en boule le souvenir, comme une page dont on est mécontent. Elles n'étaient qu'une composition (au sens où j'ai pu dire précédemment que Will se composait), une composition fausse, machinale, jamais envisagée, soumise à des pressions que je n'identifiais pas. On ne peut pas se poser comme un point fixe et stable, une conscience souveraine. Ce n'est pas une option : on ne le peut tout simplement pas. On est agi de l'intérieur. On peut toujours s'arc-bouter, verrouiller ; mais pour envisager quoi que ce soit sérieusement, il faut d'abord se démolir, sinon il arrive ce qui m'arrivait.

Pour moi aussi, il y avait eu des signes avant-coureurs. J'avais déjà considéré ce que j'étais, ce personnage au miroir fugace des vitrines, avec son cartable et ses paperasses, et ses collections de citations, et je m'étais dit : « C'est donc moi. Je suis celui-là et pas un autre. » Je m'étonnais. J'ironisais. Et en même temps je me résignais. Je ne comprenais pas, je ne sentais pas, je ne voyais pas l'évidence. Avec quelle douceur, quelle mansuétude je m'envisageais... Malheur à l'aveugle tranquille. Je ne comprenais pas qu'après avoir tant fait que de l'identifier, ce personnage, après avoir par conséquent cessé de me confondre avec lui, il ne s'agissait plus d'ironiser gentiment, il s'agissait d'aller au bout, de terminer le travail, et, appliquant l'adage suivant lequel tout ce qui est fragile est à casser, de prendre un flingue, quelque chose de costaud, qui explose, qui creuse un gros trou, qui en envoie à dix mètres à la ronde, et avec ça de viser soigneusement et de le dégommer.

C'est pour cela aussi – parce que j'étais loin, parce que je ne les comprenais plus – qu'il me fallait m'interroger. De quoi parlent-ils, qu'est-ce qui les anime, de quoi leur vie est-elle faite ? À supposer que je trouve encore le courage d'essayer, tout était bon à prendre, même ce qui pouvait sembler adventice, extérieur, superficiel ; j'en étais à mendier, de toute façon, et puis, dans les moments où le découragement ne m'anéantissait pas tout à fait, je parvenais encore à me dire qu'il ne faut préjuger de rien, que ce qui n'a pas l'air important peut l'être. L'indice le plus anodin, le plus incongru en apparence, peut se révéler le bon.

Qui sont-ils, à quoi pensent-ils ? À l'automne 1997, François lit *Le Livre noir du communisme* dont la parution a soulevé une tempête, allant jusqu'à l'interpellation du gouvernement, à la Chambre, par un député libéral. Cet intérêt qu'il porte au communisme et à l'ancien empire de l'Est n'est pas sans lien avec les sentiments qu'il éprouve envers Anielka : c'est une façon, via son père, d'aller vers elle, ou d'essayer. L'enjeu est-il perçu par l'acteur ? Pas sûr.

François est du genre très ricanant sur le communisme. Ce libéral éclairé n'oublie pas son origine modeste. Orphelin de père assez tôt, élevé chez les curés au tarif des pauvres, il s'est fait tout seul. On ne va pas lui donner des leçons. Anielka ne s'aventure jamais très loin dans les conversations politiques, elle estime qu'elle n'y connaît rien, elle ne comprend pas grand-chose à l'économie. Souvent elle se trouve bête. Un jour, pourtant, elle lui a dit : « Si le socialisme est un système impossible, s'il n'y a pas d'alternative, ça veut dire que tu es prisonnier du libéralisme, que nous le sommes tous. Il n'y a pas de quoi pavoiser parce qu'on est prisonnier, si ? » Il n'a rien répondu.

À la même époque, on peut lire dans le supplément économique du *Monde* un dossier sur le thème : « La Pologne s'efforce de séduire l'Union européenne ». Sous-titres : « La Silésie redoute la restructuration du charbon et de l'acier ». « Une agriculture en mal de modernisation ». Il résulte du premier que l'on va fabriquer du chômage ; du second que tout un vaste système d'autosuffisance alimentaire sera détruit, l'exode rural précipité, la clochardisation et la misère accrues en proportion.

Dans la même période encore, Jean-Paul II, quelques semaines après son passage à Paris, se rend dans l'île de Cuba, et, s'il ne se gêne pas pour dire son fait au vieux dictateur barbu, tout le monde note une mystérieuse complicité des deux hommes sur le dos de l'interlocuteur absent : le grand voisin yankee.

Autrement dit, dans le monde où vivent Anielka, François, Will, quelques grands systèmes de pensée – communisme, catholicisme, libéralisme américain, construction européenne – continuent de s'affronter ; chacun recèle une conception de l'homme, chacun vise à encadrer la vie des individus, à énoncer des valeurs et des règles, à dessiner des modèles. Cela se passe autour des existences que je tente de refléter ici. Il y a des points de contact. Qui prétendra que ce soit sans conséquence ? Qui prétendra l'inverse ?

Tout cela intéresse Will. Anielka, toute à ses péripéties personnelles, n'y songe guère. Elle se demande pourquoi lui arrive ce qui lui arrive, ou ne se le demande pas, ce qui revient au même. Plus tard seulement, elle se souviendrait de la blonde du Royal-Villiers, de son agacement et de son envie, de cet avertissement qui était, qui est peut-être la vraie histoire. Un sentiment – à peine un sentiment : un mouvement plutôt, qu'elle avait négligé – intervenu par deux fois, le soir du Royal-Villiers, puis le lendemain,

81

chez François, est aussi à considérer de près : c'est l'envie de s'en aller, l'envie de rentrer chez elle, de retrouver ses deux pièces dans le vieil immeuble en arrondi, sur la place du Dr-Félix-Lobligeois. Pendant plusieurs jours, après ces deux soirées, elle avait recherché la solitude, l'inaction, la rêverie, puis elle s'était ébrouée, secouée, installée sur les rails des vacances.

Elle avait poussé une porte; elle s'avançait. Elle ne percevait pas toutes les dimensions de son histoire, elle ne s'y appliquait pas. Elle eut envie de faire l'amour avec Will, elle aima ses questions et son agitation, ses répétitions, ses multiples relations avec des artistes, des militants, des journalistes.

« C'est vraiment ça : je poussais une porte, tout simplement parce qu'il y avait une porte et que je pouvais la pousser. Je n'ai pensé à rien. J'étais seulement étonnée. J'avais toujours été quelqu'un de sage, de régulier... C'était une histoire qui ne me ressemblait pas, et qui me happait pour cette raison. »

Elle n'avait rien espéré de Will, ne projetait rien, ne mettait rien en perspective. Elle ne se dit jamais, par exemple, qu'elle quitterait François. Pour ce dernier, tout à ses problèmes d'entreprise, elle n'était plus là, cela tombait mal, elle le regrettait sincèrement. D'ailleurs elle ne lui devait rien, il lui était loisible de voir qui elle voulait. Ses liens avec Will ne se situaient pas dans l'ordre de la décision, des choses instituées ou révoquées. Après s'en être passée si longtemps, elle ne se percevait plus sans lui : c'est tout. « Will m'emmenait hors de ma vie, et quand il m'a abandonnée, c'était comme un désert, un exil, une interminable chute en arrière dans le temps. »

Rien de commun entre le désir que lui témoignait François et les comportements de Will. Elle était venue à lui : il ne se gênait pas pour jouer de cette donnée initiale, c'est-à-dire qu'il ne se gênait pour rien. Il prenait ou laissait à son gré ce qu'il voulait, quand il voulait. Il avait aimé sans doute les yeux clairs, la ligne un peu lourde du menton, les seins et les hanches dont la courbe pleine et flexueuse semblait promettre une sensualité un peu fainéante. Peut-être aussi avait-il perçu en elle la peur et les hésitations. Anielka (je le pense avec lui et, du reste, rien ne serait arrivé sans cela) n'était pas claquemurée dans sa vie, serrure six points et digicode, intérieur bien aménagé. Il la sentait vulnérable au trouble, au déséquilibre. Il pouvait prendre du pouvoir, et c'était là pour lui une griserie, un vertige.

En même temps, il avait envie qu'elle connût

ses activités, ses fréquentations, ses idées. C'est quelque chose de pénible, une existence sans témoin. Il aimait qu'une femme vînt donner le reflet, la caution. À des empressements, à des exigences, elle décela cette demande un peu enfantine. Mais il ne fallait pas que cela fût dit; elle le comprit et s'en abstint.

Qui était-il ? Elle se souvint plus tard d'un détail dont elle n'avait pas voulu tenir compte sur le moment, qu'elle avait mis à l'écart, délibérément oublié : « Will m'expliquait que ses parents étaient pauvres, qu'il avait grandi dans un vieux logement de Romainville avec les cabinets sur le palier, etc. Or, il ne s'en souvenait plus sans doute, mais le premier soir, au Royal-Villiers, il avait parlé de milieu bourgeois. Il disait "je suis un révolutionnaire de l'ouest parisien". C'était bizarre : j'aurais mieux compris, quitte à mentir, que ce soit dans le sens inverse, qu'il ait eu honte d'être issu d'un milieu favorisé... Mais ce qui est encore plus bizarre, c'est que j'ai à peu près oublié ça et que, même en y repensant, je ne lui ai rien demandé. Je n'osais pas ou ne voulais pas. Il m'a dit un jour admirer Malraux, qui avait souvent menti sur sa vie, ses biographes l'avaient découvert peu à peu. »

Elle n'avait donc pas relevé, pas insisté. Elle aimait un masque aux yeux vairons.

Will, c'est le moins qu'on puisse dire, n'observait pas la même discrétion. Il questionnait, voulait tout savoir, avec une curiosité impérieuse, parfois naïve, qui étonnait Anielka et lui plaisait. Son enfance, ses parents, ses frères, François, son boulot, ses amies, tout y passait.

– Alors tu as un enfant ? Quel âge ? Et tu le vois beaucoup ? Ça ne te manque pas ?

Il y revenait, reposait la même question, exactement, une heure plus tard ou le lendemain. Il enregistrait les réponses, il semblait y réfléchir. Qu'en faisait-il ? Mystère. C'était le jeu de Will. Elle y trouvait un charme singulier. Elle consentait, du moment qu'il voulait ; elle lui offrait les réponses de la même façon qu'en d'autres moments elle lui abandonnait ses seins, sa bouche.

*

– Il faut changer d'homme souvent. En avoir un à la maison, je ne dis pas, mais il en faut d'autres... D'ailleurs, mon mari et moi, on est d'accord là-dessus. Il ferme les yeux.

Dans une salle de la mairie, où un collègue fête son départ à la retraite, Annick, très volubile, une coupe de champagne à la main, fait sourire trois personnes et hausser les épaules à une demi-douzaine :

— Un mec avec qui tu restes, il finit par en savoir trop long. Tandis qu'un nouveau ne sait rien. C'est comme se barrer à l'étranger après un meurtre.

— Tu as donc tant de choses à cacher ?

Elle fonce, sans repérer la moquerie :

— Plein de choses. Et puis c'est un principe. Je me souviens d'un type, une fois, ça devait faire trois semaines qu'on sortait ensemble, il est tombé sur une photo de moi âgée de sept ans. Il voulait que je la lui donne ! Il disait « celle-là je la garde, je t'aimais déjà à ce moment-là », enfin des conneries, il devait trouver ça spirituel et amoureux. Je crois que c'est ça qui a tout déglingué entre nous. Je ne veux pas qu'on sache la vérité sur moi.

Anielka s'est mise en retrait, appuyée à une table. Annick en est à sa quatrième coupe, elle a un petit coup dans le nez, elle laisse déborder son ego. Cela gêne Anielka pour deux raisons : l'une, qu'elle juge un peu mesquine, mais sans pouvoir la repousser, est que les collègues ont pu remarquer leur camaraderie, et les groupes n'aiment pas la trahison en faveur de celui ou de celle qu'ils rejettent. Or Annick s'intègre mal et n'en prend pas le chemin. Déjà que certains reprochent à la Parisienne Anielka de ne pas habiter sur place... Quand on fait de l'action culturelle, n'est-ce pas... L'autre motif de sa gêne concerne Annick elle-même : personne ne croit à ses bobards. Cette ostentation de soi-même, à la fois déplacée et ridiculement vantarde, révèle un malaise; Anielka préférerait qu'elle l'avoue franchement et en privé, au lieu de le déguiser en public.

Moitié amusée, moitié intriguée, Anielka lui a confié quelques jours plus tôt une clef de son appartement, sans se croire pour autant autorisée à en demander davantage. Rien n'indique depuis lors que cette hospitalité ait été mise à profit. Elle s'interroge à présent sur une certaine lueur dans les yeux d'Annick, une fuite du regard, une dérobade. Annick pense-t-elle, après avoir demandé la clef et avoué qu'elle « a une histoire », s'être livrée plus qu'elle ne l'eût souhaité ? Tout à présent dans son attitude dénote une méfiance, une rétractation. Qu'est-ce qu'elle fabrique, au juste ? Qu'y a-t-il de vrai dans tout ça ?

Et puis Anielka se dit qu'elle s'en fiche. Elle va retrouver Will ce soir, rue Greneta.

*

Qui t'a fait roi ? Qui es-tu pour prétendre à

cette poésie, à cette création ? Ces êtres que tu projettes devant toi, dans les rues et les appartements de Paris, en quoi es-tu habilité à dire ce qu'ils sont, ce qu'ils vivent ? À énoncer les causes, les objectifs, enjeux perçus, atouts et handicaps, culture, stratégie ? À obtenir du lecteur, fût-ce passagèrement, fût-ce sous condition, un assentiment et un crédit ? (Question que l'on aurait pu poser à Will avec son « nous », ses idées sur le pouvoir, le miroir.)

Je sais comment on fait. Je sais comment être plausible. Je vais rôder dans le XVIIᵉ d'Anielka, je regarde la façade de son immeuble, j'entre dans l'église où la Vierge baroque s'envole indéfiniment dans son ciel de théâtre. Ici Anielka et sa famille ont assisté à la messe. De même je connais la résidence où habite François, j'ai lu ou entendu des détails sur l'entreprise moderne, les problèmes des cadres. Et ce qu'on ignore, on le trouve, on se renseigne. Je sais faire.

Mais tout était faux, je le savais maintenant. Artifice, facilité. Je n'étais pas proche d'eux. J'avais voulu les éblouir, peut-être : je n'avais pas voulu m'intéresser à eux. Et à présent ils me manquaient, se dérobaient, et si je voulais retrouver le chemin, les rejoindre, il fallait que je me décide à dégommer, une à une, les figures successives du même « moi » qui faisaient obstacle, les abattre, à l'instar de ces silhouettes qui défilent, dans les tirs de foire, portées par un système à crémaillère ou à chaîne de vélo. Il me fallait me tirer dessus, depuis l'origine et jusqu'à hier matin, jusqu'à la minute présente. Une invisible main actionne les fils du temps, des hasards, de nos mouvements, de nos désirs, de nos imprévus, et un jour on est rattrapé. Et ce jour-là, on a tellement mal qu'on ne peut plus mentir. On le connaît, ce mal, il est là depuis toujours et ne cessera de *vouloir qu'on l'éprouve.*

Qui t'a fait roi ? Je m'étais déjà posé cette question, ne pouvant pas ne pas voir la dispro-portion entre ce que je savais être et l'énormité du pari : donner crédit à ce subjectif imparfait qui tout seul, dans son coin, sans l'aide de per-sonne, et sans qu'on lui ait rien demandé, se propose de représenter dans leur vérité le monde et les êtres. Au nom de quoi ? L'idée même de talent, si elle n'est pas ridicule, ne peut qu'être odieuse. Quoi d'autre ? L'étude, la longue étude ? Moi, Monsieur, j'ai potassé *Le Style et ses techniques* par Marcel Cressot, j'ai lu dans Albalat – *Le Travail du style enseigné par les corrections manuscrites des grands écrivains* – comment Chateaubriand et Flaubert amen-daient leurs phrases, et Racine, ah, Racine, les corrections d'une édition à l'autre, passionnant, ça ne consiste qu'à en faire sauter, il trouve les quatre vers qui ne servaient à rien (jamais moins de quatre à cause de l'alternance des rimes), on ne s'en serait jamais aperçu, et il les balance... Et puis aussi je sais faire des alexandrins qui ne soient pas boiteux. Il faut cela, on est toujours trop inculte, on se mêle d'écrire et on n'y connaît rien, en tout cas jamais assez, seuls quelques-uns d'entre nous ont la vraie culture nécessaire, ont dans l'oreille tout ce qu'il faut avoir. Bon. Et après ? Qui t'a fait roi ? Allez creuse, cherche, dénie-toi, renie-toi jusqu'au bout, dénonce-toi.

Ce mal qui veut désormais qu'on l'éprouve. Cette défaite, la seule, la continuelle défaite dont on finit bien par savoir qu'elle délimite, une fois pour toutes, le paysage. Cette douleur tant de fois reconnue et ignorée, comme on détourne la tête, dans la rue, pour éviter une rencontre fâcheuse.

Cette conscience enfin prise que c'est mortel. Je ne mourrai de rien d'autre que de cela. Je mourrai sous vos yeux les os glacés, une cryoclastie. J'ai compris un matin que c'était mortel. On se lève comme toujours, on regarde à demi hébété l'eau qui s'écoule à travers le café dans le cône de plastique, et d'un seul coup on comprend que c'est mortel. Que tout ce qui vous a guéri n'était que rémission. Que l'on a traîné, mendié, que l'on a trébuché longuement dans les dunes, et que l'on s'est installé ici ou là, que l'on a cru bon d'être celui-ci ou celui-là, et que l'on n'est personne d'autre que ce néant qui gémit, que cet organisme qui n'a pas sa drogue, que l'on a mal tout le temps, qu'on oublie, on tue la bête à coups de whisky, on s'exalte dans des idées.

Ce mal qui veut désormais qu'on l'éprouve, et qui nous suivra toujours à travers la vie. Ce mal qui veut qu'on le connaisse et qu'on l'affronte, faute de quoi, de plus en plus sauvage, il abattra son fouet plus sévèrement à chaque fois. Cela ne constitue pas le roman, mais un autre choix m'est-il laissé, puisque je me décrète l'Auteur, le Centre de tout, que lui donner place, jouer le jeu ? Et découvrir peut-être, au fond du tunnel, par quelle remontée, par quel escalier et jusqu'à quel point je suis capable de parvenir vers Anielka, vers François et Will, vers ces millions de gens dont l'histoire en arrière-plan circule et gronde.

*

Au standard de la mairie de L***, un type au téléphone demandait une certaine Aurore – c'était tout ce qu'il savait, un prénom : Aurore –, et on avait beau lui répondre que personne de ce nom ne travaillait là, il insistait, revenait à la charge, Aurore, une personne qui s'appelait Aurore.

9

Elle en avait mangé, de la Pologne

Drôle d'endroit, cette avenue Trudaine. Immeubles anciens, élégants, un peu mornes, on imagine des planchers vernis qui craquent, des pâtisseries au plafond. Le bâtiment moderne où habite François constitue la seule dissonance. Il règne ici un silence somnolent de province bourgeoise, que troublent à heures fixes, en semaine, les élèves du lycée Jacques-Decour. En remontant, un peu plus loin, le long du square d'Anvers, d'où l'œil s'élève, suivant l'ascension de l'étroite rue Briquet, vers le Sacré-Cœur de Montmartre, on débouche brutalement sur un autre Paris, celui, vulgaire, bruyant, multicolore, des boulevards entre Barbès et Pigalle : prostituées, cars de touristes, cinémas pornos, magasins de matériel hifi et vidéo à bon marché, comptoirs pour toutes les bouffes de l'Orient.

Drôle d'endroit un peu morne, cette avenue

Trudaine, et en contrebas les rues calmes du quartier Saint-Georges, de Notre-Dame-de-Lorette. Le dimanche après-midi, Anielka et François poussaient quelquefois jusqu'au café Wepler, place de Clichy. François passait un bras autour de ses épaules et elle marchait tout contre lui.

Ce que ne fit jamais Will. Jamais il ne lui prenait la main ni n'entourait d'un bras ses épaules. Il ne la touchait pas, ou ils baisaient (il imposait ce mot, il ne voulait pas entendre parler de « faire l'amour ») : il n'y avait rien entre les deux.

Que cherchait-elle auprès de lui ?

Ils sortaient beaucoup. Will aimait les cafés, les cinés, les théâtres, les vernissages. Ils rentraient, il la regardait, distant, avec ses yeux vairons. Il lui arriva d'avoir peur.

— Qu'est-ce qu'il y a ? demandait-elle, arrêtée net.

— Ton enfant... Tu t'en fous ?

— Bien sûr que non.

— Bien sûr que si. Il va falloir m'expliquer ça.

Ou alors :

— Tu baises encore avec François ? Tu ne m'as pas dit... En fait, tu le trompes... Tu te fous de lui... De lui *aussi*.

94

– Ce n'est pas si simple.

– Putain, mais avoue-le, assume !

Heurtée par la brutalité des attaques, des diagnostics, elle s'étonnait de se soumettre au jeu, de découvrir que quelqu'un en elle aimait cela.

Que cherchait-elle auprès de lui ? Par moments encore je ne la vois plus, ne la sens plus. Le résultat, l'aboutissement, je les connais. Mais le processus ? Je pense qu'elle le désire. Elle se trouve un peu lourde, un peu trop enveloppée, et peu importe la question physique, on s'accorde autour d'elle à la trouver belle, c'est le reflet psychologique qui est peut-être intéressant. Ce sentiment, que sa chair lui donne, d'étouffer en elle-même, a quelque chose à voir avec François, comme si ce dernier parachevait un enveloppement, un engoncement, auxquels elle tente de se soustraire à travers le désir qu'elle a de Will. Anielka ne me l'a pas dit. Je le suppose ; je le fantasme, si ce verbe est permis. Le désir de Will est important pour elle à cause de son acuité, de son absence de tendresse. Elle aime qu'il marche à côté d'elle dans la rue sans la toucher. Elle aime avec lui entrer dans le désir sans progression, sans moment intermédiaire. Les questions de Will la saisissent de la même façon, la piègent par leur brusquerie imprévisible :

— Et finalement, tu aimerais ça, être comme ton amie Sophie ? Les enfants, le mari, le chien, la maison ? Tu le regrettes ? Tu n'en as pas voulu ? Ou bien tu ne l'as pas trouvé ?

Une nuit – elle assise nue dans le lit, lui marchant de long en large, ayant réenfilé son jean –, elle lança, à moitié par plaisanterie :

— Tu devrais me braquer une lampe en pleine figure, comme dans les commissariats.

Il approuvait :

— C'est exactement ça. Les questions en mitraillette. C'est la méthode des flics, quand ils veulent pousser un type à se couper, ou à craquer.

Elle le regardait dans les yeux, elle était nue, et, sans bouger, elle le montrait. Will perçut ce manège immobile. Il s'approcha et entreprit de mimer l'interrogatoire, lui prit le menton, lui secoua légèrement la tête, posa la main sur sa joue :

— Je te ferai bien avouer.

Elle entra dans le jeu :

— Sinon, vous me flanquerez des gifles ?

— Ça pourrait arriver.

Il y eut un instant de flottement ; et tous les

deux sentirent en même temps qu'ils venaient d'ouvrir une porte.

*

Bien entendu il l'interrogea sur ses parents, leur passé, la Pologne.

– Je n'ai pas grand-chose à en dire...

– Comment ça, pas grand-chose ?

– C'est comme tous les trucs de famille... C'est vrai que j'ai baigné là-dedans... Ça comptait beaucoup pour mon père...

– Pas pour toi ?

– Je ne sais pas...

Elle avait l'habitude de susciter un certain attrait d'exotisme. De nos jours, l'inconscient qui se vanterait de descendre des Richelieu ou des Mortemart se déconsidérerait à l'instant; il est parfaitement indifférent de remonter à un boulanger de Rouen ou de Limoges; mais on attribue d'instinct un avantage à celui en qui confluent deux traditions et deux langues. On a raison : il en sait davantage, et dans un monde où les frontières sont des survivances provisoires, il est d'emblée mieux adapté. C'est peut-être là un des signes qui montrent, dans l'Europe en cours d'édification, la recherche, la définition progressive d'un nouveau type d'individu. De même, les défenseurs des droits

97

des immigrés n'agissent pas seulement en fonction d'un sentiment de solidarité humaine; ils expriment comme ils peuvent le modèle à venir, ils le sentent peser, ils font l'effort de s'en approcher. Les exigences du futur travaillent au cœur du présent.

Quoi qu'il en soit, elle accueillait avec un peu d'ennui les curiosités sur son origine étrangère. C'étaient toujours les mêmes questions, auxquelles elle savait répondre par cœur. François s'était beaucoup intéressé à l'histoire polonaise, il regrettait de n'avoir pas connu Joseph. Parfois elle avait été agacée de cet intérêt appuyé. C'était comme s'il voulait s'emparer de quelque chose qui, après tout, la concernait, qu'elle avait bien le droit de négliger si telle était son inclination.

Cependant, elle ne perçut pas la même volonté d'encerclement dans les curiosités de Will; ni, en elle, cette résignation lasse à expliquer encore une fois que sa mère ceci, que son père cela. Will, c'était plutôt comme s'il voulait la déshabiller. Elle aimait qu'il voulût la déshabiller.

Alors elle évoquait la couleur d'une enfance marquée par le catholicisme, le syndrome de l'exil et la lecture de Corneille. Ah, oui, elle en avait mangé, de la Pologne... Le baptême de

Mieszko Ier, Jean III Sobieski sauveur de la chrétienté en Europe, et les invasions, les partages, les dépeçages... L'écrasement de Kosciusko, Dabrowski combattant sous les aigles napoléoniennes, les déportations de 1832, de 1863... Dans cette mythologie historique, complexe et fortement charpentée, la France disposait d'une certaine cote d'amour. Elle avait accueilli Stanislas Leczynski en Lorraine, abrité les réfugiés de 1832. Weygand, après la Première Guerre, avait contribué au « miracle de la Vistule » : stoppés dans leur avance, les Rouges avaient dû consentir à signer le traité de Riga. Une Pologne libre naissait.

Le pacte germano-soviétique, la passivité de la France et de l'Angleterre devant l'expansion orientale du Reich, avaient réintroduit dans l'épopée le spectre de la Trahison; de même, en juillet 1945, le lâchage par les Alliés du gouvernement polonais en exil, dans lequel Joseph comptait des relations. Quelques mois plus tôt, l'Armée rouge avait tranquillement, délibérément, laissé les hitlériens massacrer la résistance intérieure, lui préférant des nationaux postiches, dévoués à Moscou : c'était une ignominie, mais on savait à quoi s'attendre de la part des Russes. Tandis que la France, l'Amérique ! Fléchir ainsi devant Staline, partager avec lui la tunique du

Christ! « Le Dieu des chrétiens ne les a pas abandonnés, ce sont eux qui l'ont trahi. » Il citait ces paroles de Saladin dans le roman de Kossak, *Le Roi lépreux.*

En ce qui concernait l'aventure de son père, les camps soviétiques, l'armée Anders, l'Italie, elle devait chercher, reconstituer :

– J'ai un peu oublié les détails, je dois dire des conneries...

Will insistait. Il voulait savoir.

– Ton père, lui, ça l'obsédait...

Oui, ça l'obsédait. Toute cette histoire d'une nation malheureuse qui ne demandait que la justice; les souffrances subies avec ses camarades, prisonniers dans les camps de Staline; l'expérience de l'exil, enfin – et sans doute l'amertume inavouée d'une situation sociale moins élevée que ce qu'elle eût pu être dans une Pologne libre, comme avant la guerre : tout cela avait implanté en lui une vision obsessionnellement binaire de la fidélité et de la trahison. Du Corneille, en somme. Joseph était de ces gens dont on a l'impression qu'ils se sont, à un moment de leur évolution, arrêtés, au sens où l'on arrête une décision. Rien ne bougera plus. De l'instauration du régime communiste à sa mort, Joseph avait maintenu un système de références, de chagrins et d'espoirs, intangible jusqu'à la psychorigidité.

Durant tout l'après-guerre, les milieux d'exilés militants n'avaient cessé de fournir, sur le système communiste et son application à la patrie de Mickiewicz, des informations face auxquelles la France des années soixante et soixante-dix se montra la plupart du temps aveugle et sourde. Au lycée, Anielka avait fait l'expérience de marginalité de ceux qui sont reliés, par leur famille, à quelque chose que tout le monde ignore. Elle vivait dans deux univers. Bien avant que la révolte de Gdansk et la constitution de Solidarnosc n'eussent attiré l'attention du monde, on parlait à table, chez elle, et depuis longtemps, de la résistance polonaise, souterraine, difficile, obstinée ; de Kozlowski refusant d'écrire l'éloge de Staline, de la Vierge de Czestochowa promenée à travers tout le pays, au cours de neuf années de processions, pour fêter le millénaire de la Pologne chrétienne ; des alternances d'ouverture et de répression marquant les règnes de Gomulka et de Gierek. Et puis du mai 68 des étudiants polonais, qui avait eu lieu en mars. Qui le savait, alors qu'on s'extasiait sur les contestataires de San Francisco ou de Berlin-Ouest, qui ne risquaient rien ? Joseph ne se mettait pas en colère, ce n'était pas son genre, et puis il ne s'estimait pas en droit de faire des reproches au pays qui l'avait accueilli, mais il souffrait.

Jamais Anielka n'aborda ces sujets avec ses amis d'école. Elle n'y tenait pas. Plus tard, lorsqu'il y eut des problèmes de cet ordre dans « sa » municipalité, elle s'intéressa avec des sentiments complexes aux jeunes filles porteuses du hidjab islamique, comme si quelque chose, en elle, leur ressemblait.

À dix ans, elle souffrait en secret de tant de singularité ; à quinze, elle lui tourna le dos. C'était en 80, 81, l'époque où Joseph regardait l'horizon. Walesa et Jean-Paul II s'étaient levés sur la Pologne. C'est à ce moment-là qu'il perdit sa fille. Elle avait cessé d'aller à l'église. Elle vivait ses premières amours, la bande de copains, les soirées musique, etc. Tant mieux si la Pologne secouait ses chaînes : mais ce n'était pas son pays.

— Bref, commentait Will, tu t'es aplatie devant l'époque, comme ils font tous... Il n'y a pas plus grégaire que la jeunesse, c'est pour ça que cette société en dit tant de bien.

— Toi, à quinze ans, tu n'étais pas grégaire ? Et puis qu'est-ce que j'aurais fait d'autre ? J'étais née à Paris, j'y avais grandi.

Elle avait évolué par la suite, sous l'influence

de copains de fac « politisés ». Elle avait milité quelque temps dans un réseau qui envoyait de l'argent à Solidarnosc, rameutait des soutiens dans l'intelligentsia et la presse. Elle avait vendu le badge, les dimanches matin, à la sortie de l'église et sur les marchés. C'est dans cette mouvance qu'elle avait connu Eric : il militait parmi de jeunes socialistes intrépides, il s'était occupé de l'envoi d'un émetteur de radio destiné aux ouvriers grévistes de Gdansk. L'initiative était venue des fondateurs d'une radio libre appelée à un brillant avenir commercial. L'entrée en Pologne de ce matériel, pris en charge au large de Stettin par l'équipage d'un chalutier, poursuivi par les garde-côtes et mené à bon port dans des conditions dignes d'un roman de John Le Carré, avait été relatée par la presse. Tout cela était loin.

– Et la Pologne de maintenant ?

– Je ne sais pas. Je ne m'en préoccupe pas beaucoup. Je n'y suis jamais allée, tu sais...

– Ouais, finalement tu n'en fais rien, de tout ça...

– Ce n'est pas tellement mon histoire.

– C'est quoi ton histoire ?

– Je ne sais pas.

Qu'est-ce qu'il voulait donc, avec sa Pologne ? C'était comme s'il allait chercher dans sa vie quelque chose d'invisible, d'enfoui, dont elle ignorait tout et qui existait cependant.

Qui existait cependant. Elle ne savait pas ce que c'était, ni ce qu'elle pouvait en faire. Fallait-il toujours que quelqu'un d'autre vînt chercher en elle...

Cette image, « chercher en elle », lui fut mystérieusement pénible. Elle éprouva un malaise, un cafard, une boule dans la gorge. Elle eut les larmes aux yeux. Will s'en aperçut et la regardait, avec l'amorce d'un sourire. Elle s'ébroua.

– Tu ferais mieux de me baiser.

10

Je saisis ce que je peux

« Je suis folle. »

« Je suis complètement folle. »

« Qu'est-ce qui m'a toquée ? »

Annick ne vient plus au bureau qu'en tremblant. Chaque sonnerie du téléphone la fait sursauter. Pour le moment, personne ne sait rien, mais le scandale, du moins se le figure-t-elle, peut éclater à tout instant.

Anielka, plus tard, devait recueillir ses aveux, et c'est par son intermédiaire que je connus l'histoire, ou plutôt ce que l'intéressée voulut bien en laisser connaître – et pour ne rien dire d'une deuxième intrigue, qui se déroulait parallèlement et devait demeurer mystérieuse.

Ce qui a toqué Annick, c'est qu'elle a *branché* un type – mais alors branché de telle sorte qu'il doit être chauffé à blanc – et elle ne veut absolument pas de lui – et il va inévitablement lui courir après – et il sait où la trouver – et il ne sera pas du genre à se faire couleur muraille. Voilà.

Mais pourquoi ? Pourquoi a-t-elle fait cela ?

Encore sa mésaventure serait-elle bénigne, s'il ne s'y mêlait pas une très louche et malodorante affaire de facturations douteuses, établies par une entreprise spécialisée dans l'installation de tribunes et podiums en tubulures, entreprise qui a travaillé pour la municipalité durant les mois précédents. Et dont fait partie l'homme « branché » par Annick.

Sur les trois factures présentées par cette boîte, deux ont été contrepassées par la Trésorerie principale, qui ne les jugeait pas régulières. Après ré-examen, il s'est confirmé que personne ne comprenait ce qu'ils facturaient exactement. D'injustifiables heures de travail, d'incompréhensibles complications techniques gonflaient l'addition jusqu'à l'hydropisie, et que venaient faire deux cents litres de silicone pour l'isolation thermique dans la construction d'une tribune en plein air ? Aussi Annick a-t-elle pris son téléphone et sollicité une entrevue avec le patron de la boîte, à Montfermeil. Elle s'y est rendue. Elle a rencontré là un directeur commercial, lequel, la voyant obstinément perplexe, l'a envoyée vers le chef des travaux. « Il va vous montrer comment ça se passe, et vous comprendrez. »

Le chef des travaux, c'était un grand costaud grisonnant, tatouages aux bras, un lacet de cuir au cou portant une corne d'argent; le genre un peu forain (ils font aussi les manèges). Il a proposé, pendant qu'ils y étaient, de lui faire visiter toute l'entreprise.

C'est ce type qu'elle a allumé. Et peut-être le mot est-il faible. On peut se donner l'assurance qu'on plaît à un homme, que le courant passe, sans qu'un mot ait été prononcé. Cela fait plaisir et n'engage à rien. Annick ne s'en est pas tenue là. Il y a eu échange verbal, à peu près explicite. Et ne nous voilons pas la face : quasi-promesse, à telles enseignes que Mister Tribunes et podiums, en la raccompagnant au portail, ne doutait plus de consommer le fruit dans les plus brefs délais.

Il a rappelé. Elle a différé, éludé, noyé le poisson. Seulement Tribunes et podiums est un type d'une certaine trempe. Ce qui est dit est dit. Chose promise. Il insiste. Lourdement. Il faut voir comment il lui parle. D'abord il la tutoie ! « Dis donc, tu ne vas pas faire ta mijaurée ? » Après quoi il donne dans le genre graveleux : « Tu sais, on s'ennuie pas, avec moi. J'en vois pas une qui l'ait regretté. »

107

Horrible.

Et maintenant ça commence à chauffer dur entre sa boîte, qui veut être payée, et la mairie, qui ne veut pas payer sans savoir ce qu'elle paye. L'histoire a circulé le long des couloirs, on évoque déjà des combines d'argent noir, de financements occultes. L'adjoint au maire l'a convoquée, en même temps que le directeur des services techniques, pour tout éplucher en reprenant le dossier à zéro. Et pendant ce temps, Tribunes et podiums la cherche, il doit l'avoir comme une tubulure, et elle ne doute plus que du mélange de ces ingrédients explosifs ne résulte bientôt une catastrophe dont elle pourrait bien être la victime expiatoire.

Mais pourquoi ? Pourquoi elle drague tout le temps des mecs dont elle ne veut pas ?

Et le pire, le pire, c'est que pendant cinq, dix minutes, mettons une demi-heure, elle a vraiment désiré Tribunes et podiums. Désiré, mais alors à rêver qu'il la plaque au mur, lui roule une pelle, lui mette la main entre les cuisses. Quelle horreur. Pas de sensation plus désolante, plus humiliante que le dégoût de ses propres pulsions.

Elle est comme ça, Annick.

Lorsqu'il me fut donné, par la suite, de connaître ces mésaventures, je dois dire que je fus dans l'abord assez content de m'en emparer. C'était comme si je reprenais pied. Il y avait là quelque chose de dérisoire. De la comédie : « La plupart de nos folies ne sont que des sottises » (Chamfort). Je me retrouvais en terrain connu. J'ai tout de suite pensé que je mettrais Annick dans mon livre.

Je reprenais pied... C'était un sentiment très ambigu. Oui, on pouvait sourire d'Annick, son « moi aussi j'ai une histoire », son show, devant les collègues, après deux verres de champagne. Je pouvais sourire, et cela me revanchait. On est sauvé quand on peut rire. On n'a plus peur.

La peur. Voilà un mot lâché. La peur au bord des autres. Le sentiment du péril ou de l'inter-dit. Interdit par qui, pourquoi ?

Je répugne encore en me relisant à amener sur le devant de la scène ce personnage. Une fois encore, comment faire entendre la juste note, n'apporter que le nécessaire ? Mais qu'est-ce qui est nécessaire ? Eh bien par exemple, de dire que je ne pouvais pas approcher Anielka. J'étais hors du coup, hors piste. Tout ce que j'avais toujours contourné, évité, se retrouvait devant moi pour me barrer la route. Par exemple la peur.

J'ai sept ans et je suis dans une cour d'école.

Cette cour d'école est une espèce de fosse entre de hauts murs, en contrebas de la rue. Quand on arrive à l'école, on commence par descendre un escalier. On parvient au fond de la fosse, et là-dedans ça crie, ça court, ça tape dans des ballons, ça se bagarre, ça se bouscule, et je n'aime vraiment pas ça. Au fond de la cour, il y a une rangée de portes de bois. Ce sont les chiottes, d'immondes chiottes à la turque, dégoûtants, avec des chasses d'eau susceptibles de vous faire riper à vingt mètres. Et tout autour il y a le boucan de la récré, les jeux brutaux, et j'ai froid, et vraiment je n'aime pas ça du tout – et puis cela va bien, je ne raconterai rien d'autre, seulement que la vie extérieure, la vie sociale, je la commence dans le sentiment de l'incapacité. Ainsi, je suis nul en gym. Ne te voile pas la face, ne te raconte pas d'histoires : le reste, tout le reste, n'est que la compensation de cela. Il n'y a de courage que physique, dit-on ; pareillement, il n'y a de peur que physique. Tu ne sais pas nager. Voilà.

Deuxième image. J'ai quatorze ans et je me trouve affreux, rachitique, une grosse tête, et je suis d'un romantisme effréné, je rêve de gloire, je lis des vers, j'en compose, j'aime la solitude, je me prends pour un génie. Allons, allons : tu sais bien ce que tout ça veut dire. Ce que tu

110

évites, contournes, oublies. Tu ne sais pas nager. Tu t'arranges pour ne pas rencontrer la vie.

Voudra-t-on comprendre que je n'écris pas tout cela pour le plaisir de m'étaler ? de me produire ? d'attirer l'attention sur mon cas ? Voudra-t-on comprendre que si je cache cela, je mens, je truque le jeu ? Que la seule histoire que je puisse vraiment raconter ici, ce n'est pas tant celle de mon héroïne que celle de mes cheminements pour l'approcher, la trouver peut-être ?

La peur, la peur. Plus tard, bien sûr, après bien des reptations, des contorsions, des rétablissements, après avoir tant fait que de frayer tant bien que mal un sentier, deux ou trois victoires remportées autorisent à regarder tout d'un autre air; on en fait le tour, des autres, c'est ça l'expérience, on est amené à de sacrées découvertes, ceux qui faisaient les fiérots ne l'étaient pas tant que ça... Écrire des romans, c'est prouver que l'on n'est pas dupe. « Vous ne m'impressionnez plus. Vous me faites doucement rigoler. Ah, vous pouviez pavoiser. Quand on voit dans quoi vous vous prenez les pieds... » Tel est le propos muet du roman. On a été Dantès, on est devenu Monte-Cristo. S'il y a un petit doute au passage, on s'arrange.

Et dès lors une Annick, avec un Mister Tribunes et podiums à ses trousses, Annick qui drague des types dont elle ne veut pas et qui se demande pourquoi, et que ça met dans des histoires, comme aurait dit Will... Je pouvais rire. L'occasion était trop belle.

Eh bien je n'avais plus envie de m'amuser aux dépens d'Annick. Ou alors juste un peu, en passant, mais pas avec un rire supérieur, pas avec ce rire tranquille qui ferme les yeux du rieur.

J'en avais assez, je voulais écrire contre moi – je ne voyais d'issue qu'en écrivant contre moi – et non plus dans cette espèce d'approbation, d'affirmation délibérée et volontaire qui ne peuvent mener à rien, puisqu'elles ne sont que l'affirmation ou l'approbation de ce que l'on a élu parce que c'était déjà là, en sorte qu'au lieu d'avancer on tourne en rond dans l'a-priori, le pré-jugé, oui, avec trait d'union, pour souligner le premier sens du terme. Je voulais casser le jeu, je voulais ouvertement ne plus rien comprendre du tout; je commençais à vouloir ce qui m'arrivait, peut-être l'avais-je voulu depuis longtemps à mon insu, afin d'entrer en contact avec la vie, la vie qui n'était pas moi, justement, la vie qui n'est pas nous et sur le chemin de laquelle nous constituons nous-même le premier obstacle, le premier handicap. Et la première ressource ? Peut-être. Mais je n'en étais pas encore là.

Cette mauvaise humeur en moi, si souvent,

au réveil, des années durant, cette mauvaise humeur contre moi, cette condamnation de moi – qu'ensuite j'amnistiais, me répétant qu'il fallait persévérer, reprendre confiance –, cette mauvaise humeur, et cette condamnation, je me disais à présent qu'elles étaient ma chance, ma dernière chance, la source peut-être et l'instrument de mon salut.

En même temps, les mésaventures d'Annick m'intéressaient parce que cela au moins, je pouvais l'attraper. C'était mieux que rien, cette fille livrée aux caprices de ses propres désirs, épouvantée de ce qui par instants surgissait en elle et qu'elle ne savait plus révoquer. C'était bizarre, oui, qu'est-ce qu'elle fabriquait donc, je n'en ai su davantage que plus tard... À ce moment-là, simplement, Anielka était bien loin, Annick plus accessible, voilà tout. L'une, qui sait? m'aiderait à atteindre l'autre.

Qu'est-ce qu'on fait quand tout est en morceaux, quand le réel est loin? On ramasse ce qu'on peut, des débris, des indices, qui ont l'air de signifier quelque chose, qui pourraient signifier quelque chose.

J'attrapais ce que je pouvais. De la même façon, parler de la Pologne, parce qu'il y avait un rapport entre Anielka et la Pologne, même s'il n'était pas aisé de savoir au juste lequel, c'était possible, je pouvais me documenter un peu, préciser quelques traits. C'était toujours mieux que rien. (François aussi, pour atteindre Anielka, s'était servi de Joseph et de la Pologne.)

De même avec les idées de Will, son regard froid cérébral, distancié. Je pouvais attraper cela, je connaissais, d'ailleurs il y avait des éléments intéressants dans ce que disait Will.

De même encore avec Paris. Je pouvais évoquer Paris autour d'eux, les mœurs de Paris, ce qui s'y passe. Ils étaient pris dans ce grand mouvement, ils en étaient des cellules motrices; ne fallait-il pas en inférer qu'ils étaient aussi entraînés par lui, modelés par lui en quelque façon?

Exemple. Deux affiches.

*

Deux affiches vues dans les rues. La première représente une femme, à peu près de l'âge d'Anielka, pas laide, un peu forte, l'air sérieux, avec son petit garçon. Slogan : « Je veux être sûre de ce qu'il mange. » Son air déterminé, intraitable, sûre de son bon droit de nourricière. Bon. Et puis un peu plus loin une autre affiche, une publicité pour des sous-vêtements. Là, c'est une femme plus jeune, vingt-cinq ans, sensuelle, féline, souple, fragile, qui suggère tous les tourments délicieux du désir, de la passion, du rêve.

Remettons ces deux images dans l'ordre chronologique. Première séquence : la jolie cocotte est dans la séduction, les rencontres, le libertinage, le cache-cache du sentiment et du désir. Coupez ! Deuxième séquence : dix ans plus tard. Fini de rire. On a atteint le sérieux de la vie. La belle est devenue une néo-matrone, une dondon bien organisée qui veut « être sûre de ce qu'il mange ». Ajoutez entre les deux une pub pour téléphone mobile, tailleur Chanel, dossier sous le bras, coupe de cheveux chez un bon coiffeur, séduction discrète, en un mot la vie professionnelle, et vous avez en résumé le destin des femmes tel que se le figure la Marchandise. Grotesque ? Oui, mais cela n'empêche pas Anielka, lorsqu'elle voit la mère et l'enfant, cette mère si responsable et protectrice, d'être transpercée par la flèche de la culpabilité. Ainsi, quand elle va chercher à l'école son fils Quentin avec qui elle ne vit pas, quand elle regarde les autres mères, sur le trottoir, parler des leurs, de leurs maladies, des résultats scolaires, elle qui ne connaît pas les mères de ce quartier, elle se trouve lamentable.

En somme, ces affiches fournissent des éléments, par le rapprochement d'images fictives et d'une femme réelle. Je veux décrire une femme, Anielka, et je constate qu'elle vit dans un monde où l'on parle beaucoup aux femmes. Nous sommes tous environnés de haut-parleurs qui nous suggèrent à tout instant à quoi on peut penser, à quoi il faut penser, à quoi il serait bon de penser. Ce que l'on pourrait être, ce qu'il serait bon d'être. Ce qu'il est possible d'être, de vouloir, de désirer, d'accepter. Tout nous est suggéré. Les affiches et les journaux nous postulent à chaque instant. Mais il semble bien que cette postulation soit plus insistante, plus organisée, plus systématique en direction des femmes. Il y a des magazines pour tous les âges, pour tous les genres, qui expliquent comment faire et comment être : *J & J* ou *Vingt ans* pour les plus jeunes, puis *Cosmo*, un peu plus tard, à l'âge où la chasseresse avec ses sous-vêtements comme sur l'affiche pense déjà à trouver l'homme de sa vie. Cela fait, on passera à *Femme actuelle*. Voire même, comble d'horreur, à *Femme pratique*. Il n'y a eu dans l'histoire que l'Église pour aller aussi loin, au plus intime de l'âme et du corps, pour vouloir ainsi régenter toutes les dimensions de la vie personnelle.

Dans le même temps, les femmes font l'objet d'une sollicitude si générale, si partagée, si désireuse de bien faire qu'elle paraît louche : à l'époque où se passe cette histoire, on semble considérer comme de grandes causes progressistes, de véritables pas en avant de l'humanité, la féminisation des noms de métiers et des titres hiérarchiques, ou bien la parité des hommes et des femmes dans les élections.

Qu'est-ce que tout cela veut dire ? Que dissimulent ces grandes manœuvres ? Quel rapport avec l'histoire d'Anielka ? Je n'en sais rien.

Et quand on ne sait pas, justement, on s'interroge.

11

Qu'est-ce qui l'avait faite ainsi?

Enjeux perçus, ressources, stratégie. Le mot « perçu » est important : moins que les enjeux réels, ce sont bien en effet les enjeux perçus qui influencent et expliquent le comportement du sujet; or il ne perçoit pas nécessairement les vrais. Enjeux perçus, enjeux perdus. Il en va de même de ses ressources ou de ses handicaps. Ceux-ci peuvent être imaginaires; celles-là, inemployées. Ce qui ne change rien. Dès lors que le sujet croit à son handicap, celui-ci existe. Dès lors qu'il ne connaît pas ses ressources, celles-ci n'existent pas.

Et quand il ne connaît pas les enjeux non plus? Ainsi Anielka, au départ, ne sait-elle pas ce qu'elle cherche en allant vers Will. Se violenter : c'est la seule réponse qui me vienne à l'esprit. On dirait qu'elle s'est toujours laissé porter par la vie, au fil de l'eau, et qu'elle a envie de heurter une roche et de se blesser. Mais elle ne le sait pas. Elle vit et agit dans la brume. Elle croit plus ou moins à une « histoire d'amour ».

Et Will, qu'est-ce qu'il cherchait ? Il est plus difficile encore de répondre. Assurément pas la liaison facile, le plaisir. Anielka et moi n'avons jamais abordé ouvertement le sujet, mais je sais qu'il pouvait se montrer d'une surprenante indifférence physique, aussi bien que manifester un désir brusque de tout ce qu'elle était. Rien, en tout cas, de léger ou de machinal. Et ces questions continuelles ? Pareillement, elles allaient au-delà de la curiosité courante, de l'agrément qu'on éprouve, une fois reconnu le lien amoureux, à découvrir les arrière-plans et les horizons d'une existence. Will questionnait et fabriquait quelque chose avec ça. Mais quoi ? La Pologne, son ascendance : pour elle, tout cela demeurait à l'état végétatif ou latent, dans des limbes, des souvenirs d'enfance à quoi elle pouvait être attachée, ou qui au contraire lui pesaient quelquefois, mais qui ne lui semblaient pas offrir un relief ou un intérêt quelconques pour les autres. Pour Will, si. Et quand il lui parlait de son fils (« Tu t'en fous ? »), ou de François (« Tu baises encore avec lui ? »), il était évident qu'il cherchait à mordre, à faire mal.

Ensuite, il revenait sur ses brisées :

– ... Et tu as cessé d'être catholique, mais tu gardes une croix au cou.

Cette remarque surgit en faisant l'amour. Il s'était interrompu, pour saisir de deux doigts la petite croix d'or suspendue à une chaînette qui reposait sur sa gorge, à la naissance des seins. La croix de sa communion. Il avait parlé d'un ton rogue qu'elle aima. Il tira légèrement sur la chaîne. Elle sentit l'émotion se reformer en elle :

– C'est joli, non ?

– Ah, tu gardes une croix parce que c'est joli... Sur la peau nue... Mais dans ce cas, ma belle, il faut aller au bout de ton idée...

Il voulut qu'elle prît la croix entre ses dents, et il y promenait sa langue, en même temps que sur ses lèvres. Ensuite il défit la fermeture, et lui passa la chaînette autour de la cuisse, tout en haut. Les maillons tendus entraient légèrement dans la chair.

– Je ne veux plus la voir ailleurs que là.

– Oui. D'accord, souffla-t-elle.

En même temps, elle se croyait forte du désir qu'il avait de sa présence, au moins de sa présence, un désir autoritaire qui lui suggérait l'image d'une main de fer articulée s'abattant sur son bras – mais qui dénotait un besoin. Will avait besoin d'elle. Est-on plus fort du besoin de l'autre que de son désir ? Le désir est volatil, le besoin est indiscutable, c'est une valeur sûre.

Quoi qu'il en soit, elle se crut durant les premières semaines dans une histoire d'amour, d'autant plus troublante que chaque partenaire cachait son jeu. Elle oubliait ses impressions du premier soir, au Royal-Villiers, sa confrontation muette, à distance, avec la blonde au saroual, son peu de goût pour les discours de Will. L'animosité et l'inquiétude éprouvées alors en disaient long, pourtant. Peut-être était-elle alors, ou étais-je, plus près du sujet ? Elle ne le savait pas, et oublia ce symptôme.

Un nouvel amour installe une nouvelle perspective ; on juge différemment, on réécrit sa vie passée – on s'éloigne. C'est très exaltant, à condition que la personne qui a provoqué ce mouvement demeure complice, et vous pousse à une réestimation positive. Il devint de plus en plus évident que Will n'allait pas dans ce sens. Force lui fut de constater au fil des jours qu'il n'approuvait rien d'elle, et, qui plus est, semblait indifférent à ce qu'elle lui sacrifiait. Il se préoccupait de lui seul, tour à tour exigeant, agressif même dans ses demandes, et inexplicablement fuyant. Ne doutant pas qu'elle fût à lui, captive, il prenait et laissait, à sa fantaisie. Ce qu'il voulait, c'était tout de suite ; s'il n'avait pas besoin d'elle, peu lui importait l'effet de son inattention. Il arrivait qu'elle dût le désirer longtemps.

Où le climat commença vraiment à se dégrader, ce fut un soir, lors d'un dîner chez des amis de Will, dans un immeuble du côté de l'hôtel du Nord, le long du canal Saint-Martin. Ils étaient six : le couple invitant ; Anielka et Will ; un type qui était prof de dessin, et une autre fille, une rousse à gros seins, grosses lèvres rouges, bijoux voyants, cheveux coupés très court, envers laquelle Anielka éprouva une antipathie à peu près immédiate.

Ils se connaissaient tous très bien, avaient en commun des sujets de discussion, des fréquentations, des points de repère qu'elle ignorait, donnant lieu à des clins d'œil qu'elle ne pouvait pas décrypter. Will aurait pu l'aider, lui expliquer une allusion, lui donner l'occasion de parler ; mais aussitôt la porte franchie, il avait cessé de se préoccuper d'elle.

Ils étaient arrivés à huit heures et demie. Jusque vers neuf heures et quart, elle fit des efforts, parla de son métier au prof de dessin, demanda à la rousse ce qu'elle faisait. Le prof de dessin répondit gentiment et ne relança pas. La rousse – que tous appelaient *Virgine* – la regarda de haut et répondit à peine : « Choré-graphe. » Visiblement l'antipathie était réci-proque.

L'odeur de cet appartement lui était désa-gréable. À neuf heures quarante, Anielka se dit qu'elle s'ennuyait. À dix heures et demie, elle ne songeait plus qu'au moment de s'en aller. Une heure plus tard, elle était au bord des larmes.

La rousse Virgine, finalement, n'était pas la copine du prof de dessin, ainsi que l'avait cru tout d'abord Anielka. Elle avait un côté les-bienne, en même temps qu'une façon de parler des hommes qui suggérait qu'elle ne l'était pas. Mais surtout, elle et Will semblaient liés par un jeu secret de drague pour rire ; ou peut-être de rappel d'une histoire entre eux ?

Anielka tomba dans un puits. « La peur, une véritable panique. L'impression que je n'existais pas pour eux, qu'ils ne me voyaient pas et ne m'entendaient pas, qu'ils appartenaient à un autre monde. Je ne comprenais rien à ce qu'ils racontaient, j'étais enfermée sous une cloche de verre. Cette Virgine avait l'air méchant. Elle fumait ses clopes extra-longues en les tachant de rouge à lèvres. Elle parlait avec l'air de tout savoir. J'aurais pu être simplement indifférente, ce n'était qu'une soirée ratée avec des gens qui ne m'intéressaient pas. Ce fut tout autre chose. Le sentiment d'être prisonnière, exilée de tout, et de ne pas pouvoir donner l'alerte. Leur simple présence m'écrasait, m'anéantissait. Ils étaient forts, bien posés dans leurs vies, leurs histoires. Leur tranquillité me torturait, comme s'ils me disaient ma faiblesse, ma timidité, ma médiocrité. Et Will qui n'avait pas un mot, un geste, un regard prouvant qu'il sentait ma détresse, qu'il voulait m'aider ou me rassurer. »

Elle se mit à étouffer d'angoisse, une angoisse inexplicable, dévorante. Qu'est-ce qu'elle avait ?

« J'étais là, j'avais voulu être avec Will, je m'étais aventurée... Et c'était d'un seul coup comme si tout ça était trop fort pour moi... Trop différent... Je ne pouvais plus rien exprimer... J'étais là et on ne me voyait pas... Ça a duré jusqu'à minuit. Je ne sais pas comment j'ai réussi à ne pas me mettre à pleurer. »

Dans la voiture, en redescendant vers la Bastille, elle tenta d'expliquer à Will ce qui lui était arrivé. Il adopta une expression de surprise trop appuyée pour être sincère.

– Eh bien, c'est ton problème, finit-il par conclure.

– C'est tout ce que ça t'inspire ? Tu ne m'as pas dit un mot de la soirée, tu n'as pas fait le moindre effort pour m'aider...

– Attends... Je ne t'ai pas obligée à me suivre.

Elle ne voulait pas être agressive ni revendicatrice, elle aurait espéré qu'il lui dît autre chose, sur un autre ton.

Pour la première fois elle sentit avec violence l'inégalité qui était entre eux depuis le début : Will n'avait rien demandé. C'est elle qui était venue à lui. Elle plia. Le silence s'installa tout au long de la rue Saint-Antoine.

– Tu préfères peut-être que je te raccompagne chez toi, ou chez ton mari ?

– Je n'ai pas de mari, dit-elle doucement.

– C'est pareil.

Ils arrivaient à hauteur de la tour Saint-Jacques. Suggérer de la ramener aux Batignolles alors qu'ils étaient tout près de chez lui relevait de la vacherie gratuite.

– Tu veux quoi ? Que je te supplie de bien vouloir m'accueillir ?

– Je croyais que tu t'étais emmerdée et que tu ne voulais plus me voir ce soir.

– Je me suis emmerdée parce que je voulais te voir ce soir.

Plus tard, allongé sur le canapé de l'appartement, un verre à la main – exprimant physiquement la nonchalance – il dit, les yeux ailleurs :

– C'est intéressant, cette peur.

– Intéressant, répéta-t-elle, abattue.

Sa peur était « intéressante ».

– Intéressant, répéta-t-il. Pourquoi as-tu eu peur ?

– Je ne sais pas.

– Qu'est-ce qu'ils ont d'impressionnant ? Moi, je crois que je sais. Tu ne les cadres pas. Face à eux, tu es dans l'incertitude. Et peut-être, tu soupçonnes que face à moi aussi... On est dans le jeu. Tu n'aimes pas le jeu.

Will n'était pas gentil. Le mot lui vint à l'idée et lui parut dérisoire. Elle n'osa pas demander de quel jeu il parlait.

Qu'est-ce qu'elle avait ? Qu'est-ce qui l'avait faite ainsi ? Cet épisode préfigurait ce qu'elle allait connaître plus tard, après l'abandon. Et peut-être continuait-il les instants du Royal-Villiers, la fille au saroual qu'elle regardait avec des sentiments de dédain et d'infériorité mêlés. Et peut-être continuait-il bien d'autres épisodes, oubliés ou connus. Il se peut que l'on touche ici au cœur de son problème. La peur au bord des autres. L'inaptitude. Ils savaient nager, les autres.

Et ça, je connaissais, moi aussi; ça aussi, je pouvais le saisir.

*

À la suite de cet épisode, Will fut introuvable pendant trois jours. Aux différents numéros de téléphone où l'on pouvait en principe le joindre, des inconnu(e)s répondaient poliment. Il était en répétition. Il n'était pas encore arrivé. Il venait de partir. Sur son mobile, la messagerie vocale. Chez lui, le répondeur. Elle laissa un message, puis un deuxième. Se jura qu'il n'y en aurait pas trois. Rappela tout de même et raccrocha au moment de parler.

Quentin venait passer le week-end avec elle. Le dimanche, ils allèrent chez sa mère. Il lui fallut tenir bon, traverser ces heures. Elle considéra l'appartement modeste, passablement sombre, où elle avait grandi et qu'elle connaissait par cœur. Tout brillait, tout était épousseté et propre, les cuivres, les napperons, les bibelots. Elle s'étonna que sa mère eût pu y vivre trente-cinq ou quarante ans sans jamais songer à en partir, et il ne s'agissait pas d'une question de décor. Sa mère avait-elle jamais rêvé d'être une autre ? Vieux refrain : en ce temps-là, chez les mineurs du Nord, on n'avait pas le loisir de se poser tant de questions. Et puis il y avait la religion, la structure familiale forte, impérative, respectée. L'époque était-elle vraiment pour quelque chose dans le fait qu'elle pût, elle, éprouver des impulsions et des désirs qu'une femme de la génération précédente eût fait taire, ou n'eût pas su nommer, à supposer qu'elle les éprouvât ? Peut-être. On s'adresse à nous, on nous dit ce qui est légitime, autorisé, envisageable.

Où était Will ? Will, Will, Will. Tout était fichu. C'était évident. Il l'avait assez vue. Il ne voulait plus d'elle. Des jours s'étaient écoulés depuis la dernière fois qu'ils avaient fait l'amour. Il ne la désirait pas. Elle se le représenta au lit avec une autre fille. Ou avec un garçon. L'image surgit imprévisiblement. Pourquoi pas. Garçon ou fille, elle suffoqua d'angoisse. Et il fallait s'occuper de Quentin, faire bon visage à sa mère. Elle compta les heures. Être au moins seule ! Ce serait déjà quelque chose.

Il rappela le dimanche vers six heures, peu avant qu'Eric ne vînt chercher le garçon.

– Tu passes me voir ? On ira dîner chez l'Indonésien.

Il ne proposait jamais de venir. À elle de se déplacer. Un détail de cette sorte suffisait à la persuader qu'elle faisait l'inverse de ce qu'il aurait fallu. Elle avait laissé cela s'installer. Elle était vraiment la reine des connes. Mais le moyen de changer quelque chose maintenant ? Elle se rendit rue Greneta, ils allèrent dîner chez l'Indonésien.

– Qu'est-ce que tu as dit à ton mec ?

– Que je voulais être un peu seule ces temps-ci. Ce genre de truc.

– Tu ne m'as pas répondu l'autre fois. Tu baises encore avec lui ?

Elle soupira et répondit que non.

– Qu'est-ce qui t'a poussée à rester quatre ans avec lui ?

– J'étais bien. Il ne me demandait pas de jouer un rôle, du moins au départ, il ne me demandait rien. Eric m'avait déjà dessiné tout le panorama, un enfant, puis deux, puis ceci, cela... En même temps, ça m'a fait mal qu'on se sépare avec un enfant d'un an.

– Mais qu'est-ce que tu foutais avec lui ?

– J'avais cru.

Elle eut un geste qui voulait dire : arrêtons là, s'il te plaît. Mais Will n'arrêtait pas.

– Au total, tu t'es fait beaucoup de mecs ?

– Will...

– Tu es incroyable. Je pensais que tu allais me répondre à la blague, mais tu prends tout au sérieux. Et alors, François, au début il ne te demandait pas de jouer un rôle, mais ensuite ?...

– Ensuite... Bon, je ne sais pas... Tu veux toujours tout déplier... Je ne sais pas.

– On remonte chez moi ?

Elle approuva lassement et ils remontèrent. À peine la porte fermée, sans un mot, il déboucla sa ceinture. Elle le suivit dans la chambre, ils jetèrent leurs habits. Elle en avait marre, elle était triste, elle défoula sa révolte et sa déception dans le désir. De la fureur, à défaut d'autre chose. Qu'il la prenne comme il voulait, mais qu'il la prenne. Il parut s'en apercevoir. À la fin il la repoussa d'un geste presque brutal. Elle avait crié fort et longtemps. À présent elle sentait la poussée des larmes. Elle était prise au jeu.

12

La cendre et le salut

Rien n'est difficile à comprendre, rien n'est insolite et vaguement affligeant comme une passion amoureuse, vue de l'extérieur, surtout quand celui qui en est la proie n'est pas heureux. Pourquoi acceptent-ils ce qui les fait souffrir, comme s'il y avait un seul être au monde ? Il y en a des millions. C'est cette absurdité extérieure de la passion qui m'avait permis, longtemps, de hausser les épaules. Je connaissais, je savais à quoi m'en tenir.

Mais on n'a rien dit quand on a dit cela. La réalité est ce qu'elle est. Will avait touché à quelque chose. Susciter un désir que l'on apaise seul ; faire naître la question dont on est la réponse ; créer le besoin dont on est l'assouvissement ; rendre sensible par sa seule irruption le manque dont souffrait une vie : voilà ce qu'est rendre quelqu'un amoureux. Se retirer ensuite, c'est ouvrir le vide devant l'élan de l'autre, c'est le mettre à terre.

Je suppose, je recrée en grande partie ce qui se passait entre eux. Je devine ou crois deviner, à travers ce qu'elle m'en a dit; je superpose d'autres images, provenant de ma propre vie, d'autres rencontres, d'autres moments. On se fait une idée des autres à travers soi-même, cela n'est pas l'exclusivité du romancier. À mon avis, tout ce qui intéressait Will était de posséder Anielka, de « l'avoir », de la sentir dans sa dépendance. Ce cérébral jouissait du jeu des questions, il se plaisait à la traiter comme un objet d'étude ou un personnage fictif, il appuyait, en maître acupuncteur, sur les points sensibles de sa vie. Son comportement pouvait se réduire à un message, transmis dans tous les codes à sa disposition : ce que tu me permets de faire, je le fais.

Les temps qui suivirent précipitèrent la dégringolade. Il la prenait, la rejetait. N'appelait plus. Reparaissait. Ayant accepté une fois, deux fois ces procédés, elle en fut prisonnière. Elle s'y laissait soumettre. Elle marchait vers la rue Greneta en pensant : « Voilà, je vais chercher ma ration, il va me parler de François ou de mon fils ou de Dieu sait quoi, il sera désagréable, et j'accepterai du moment que ça peut lui donner envie de me baiser. » Elle ressentait en son absence le désarroi du soldat qui s'ennuie dans la paix, à qui tout paraît insipide après les émotions violentes des combats. Elle vivait dans le manque de quelque chose qu'elle n'aimait pas, qui n'était pas le plaisir, qui n'était pas l'enthousiasme, le bonheur encore moins, et qui lui était cent fois plus nécessaire que le bonheur, l'enthousiasme et le plaisir. Elle regrettait une drogue, et peut-être cette autre Anielka qu'elle ne connaissait pas, que Will aurait pu faire exister : « Je croyais qu'il allait vraiment me prendre pour cette autre, seulement ça ne durait pas. Il avait des mots d'une cruauté tranquille, impassible. Par exemple : "ton mari". Il savait parfaitement que François n'était pas mon mari, mais il employait le mot. "Il faut que tu ailles t'occuper de ton mari", etc. Je haussais les épaules, protestais ou feignais d'en rire, mais il était le plus fort, il insistait, voulant faire mal, et il y parvenait. Alors là, oui, j'avais l'impression d'avoir perdu la syntaxe, la règle du jeu, il aurait fallu trouver la parade, le déstabiliser, me dérober, et je n'y arrivais pas, je ne savais pas jouer, ma gorge se nouait devant cette injustice, je ne savais plus que gémir, en appeler à je ne sais quelle compassion ou gentillesse... Un jour, au bureau, j'ai raccroché le téléphone, poussée à

133

bout, et je suis restée là, le cœur cognant, prête à pleurer, hurlant au secours en moi-même, je m'imaginais sautant par la fenêtre, non seulement de chagrin mais de haine de moi, de tout ce qui m'avait faite ainsi, aussi fragile, aussi démunie, toutes les années passées à ne pas voir, ne pas savoir cela, à fuir... Ce n'était pas seulement Will, c'était tout, c'était le secret de la vie, le mode d'emploi... »

« Tout ce qui m'avait faite ainsi » : je tenais là une piste. Anielka se rebellait contre ce qui l'avait modelée et construite – donc construite aussi comme rebelle. On peut rêver longtemps à de tels paradoxes. Une autre filière était l'insistance de Will à parler de « son mari ». Il renvoyait celle qui détruisait tout à ce qu'elle détruisait. Ayant suscité Anielka la folle, il la repoussait vers le rôle d'Anielka la sage. Ce que lui-même avait rendu impossible, il le préconisait. Il l'attirait vers le monde fascinant de la nuit et des masques, pour lui signifier ensuite que sa place n'y était pas. Elle n'en eût pas souffert s'il n'eût pas ainsi désigné une part de sa vérité. Elle haletait vers la révolte; elle s'inclinait, s'avouait vaincue.

Je n'ai pas dit encore, et il est temps peut-être de le dire, que je répugnais beaucoup à parler de Will. Je ne l'aimais pas et je n'ai guère changé de sentiment. Je ne sais quoi en lui appelle la confrontation et la rivalité. Je ne rivalise pas ; ce n'était pas mon jeu dans la cour de récréation, ce n'est pas mon jeu dans la vie. Je déserte, je trouve à l'écart mon propre espace. Et bien sûr, j'ai la nostalgie du combat. Will metteur en scène, Will assemblant des idées et pensant le monde, toujours entre une réunion de sa revue et une répétition, Will croyant avoir des ennemis (il avait été mêlé jadis à cette fantomatique affaire de « complot rouge-brun » qui avait excité quelques journaux), Will enfin à la conquête d'un rôle, à tout prix, sûr de ce qu'il pensait, de ce qu'il voulait, de ce qu'il faisait, soulignait ma débâcle, à moi qui brisé comme une coque cherchais ma loi dans le noir.

Il avait pensé – lui – à se rebaptiser quand il en était temps. Il s'était construit. Il tenait la route. Je l'attendais au tournant. Patience, mon vieux, toi aussi tu seras rattrapé par ton ombre, je te verrai défait, jeté à terre... Curieusement, Anielka m'a dit avoir lancé de ces malédictions, elle aussi, et s'être fait horreur, comme si elle était la fée que l'on a oublié d'inviter et qui attend sa triste revanche.

Or donc Will fait son cirque, comme au Royal-Villiers, et il m'est insupportable, comme il l'était ce soir-là pour Anielka. Il dit :

– Un artiste doit pouvoir se montrer violent, obscène, réactionnaire, révolutionnaire, excessif en tout, du moment que cela correspond à une vérité critique. L'art n'est pas une approbation, l'art n'est pas une consolation, c'est une violence. Nous avons à être des tueurs.

Et il m'est d'autant plus insupportable que ses idées sont justes.

Il dit encore :

– Sujet de thèse : la désagrégation psychologique dans la société marchande avancée. Je n'en reviens pas de ce que je découvre. Des gens que tu vois dans leur vie quotidienne, fonctionnant bien, positifs, énergiques, prêts à t'en remontrer, tu leur rentres un peu dans le lard, tu les bouscules un peu, et c'est comme si tu déclenchais une alarme de bagnole, tu les découvres complètement affolés, disloqués, avec des peurs incroyables, des incertitudes abyssales, des chaos, des néants dans la tête. Ils s'accrochent à quelqu'un parce qu'ils n'ont jamais réussi à tenir debout tout seuls. Ils tiennent avec de la télé, de la conso, les heures de bureau et d'occasion le psy. Le rire, aussi. Le rire hystérique, continu, la drogue du « il faut être léger », parce que n'importe quoi qui a du sens leur fait peur ; parce que n'importe quoi qui a du sens évoque deux choses insoutenables : la vie et la mort.

Elle s'impatientait, regimbait faiblement :

– Mais laisse-leur donc la paix. Pourquoi tu
vas les chercher, les gens ? Qu'est-ce qu'ils t'ont
fait ? Et toi, tu te crois meilleur ? Tu détiens la
vérité ?

Il ne disait rien. Elle continuait :

– Est-ce que ce n'est pas à travers ses faiblesses qu'on peut aimer quelqu'un ? Bien sûr,
on peut se contenter d'utiliser les autres, s'en
servir dans la vie sociale, s'en servir au lit. Mais
il ne peut y avoir d'amour qu'en allant dans les
secrets, dans la fragilité... C'est en cela que
l'amour nous sauve, nous est indispensable.

Il ne disait toujours rien.

– Pourquoi as-tu une histoire avec moi ?

– Et toi ?

– Réponds, s'il te plaît. Pour une fois. Moi, je
réponds à tes questions.

– J'avais envie d'entrer dans ta vie. D'aller la
visiter, si tu veux. Pour ça il faut baiser.
Quelqu'un avec qui on a baisé, on peut en
savoir davantage. Le lit a quelque chose à voir
avec le confessionnal, du côté de l'aveu.

– Tu en explores beaucoup, comme ça ?

Mais Will n'était pas homme à répondre à

une question. Il n'allait jamais que sur le terrain qu'il avait choisi.

Il se leva, saisit un livre sur les étagères – un vieux bouquin jaune de la Bibliothèque Charpentier.

– Alors donc, du Corneille... Du Corneille avec papa...

Il ouvrait au hasard :

Marquis, prenez ma bague, et donnez-la pour
                                        [marque
Au plus digne des trois que j'en fasse un
                                        [monarque...
Qui me rapportera l'anneau que je lui donne
Recevra sur-le-champ ma main et ma cou-
                                        [ronne !

Il s'interrompait, attrapait un autre acte d'une autre pièce :

Mais je veux qu'il te donne une marque
                                        [infaillible
Que l'intérêt d'un fils ne me rend point sen-
                                        [sible...
Je veux voir ce fils même immolé de sa main !

Il commentait :

– C'est marrant, ça, je prends deux pages au hasard et c'est la même chose : donner des

138

marques. Des gages, des assurances. La main.
« Ma main à couper. » C'est toujours plus ou
moins du chantage, Corneille.

Que faire ? Il voulait blesser, profaner, et
cette violence l'aspirait. C'était comme si
quelqu'un rentrait chez elle et fouillait les
tiroirs, en sa présence, en commentant à voix
haute. Il s'attaquait à François, à Quentin, à
tout. Mais qui d'autre qu'elle avait ouvert la
porte ? Elle était là, elle persistait à être là. Elle
voulait le présent avec Will. Elle se voyait au
bureau, puis quittant le bureau, puis chez elle,
et il lui semblait à l'évidence que sa vie présente,
c'était Will, que c'était là qu'il y avait quelque
chose à faire, à chercher. Elle devait être là
puisqu'elle y était venue, elle l'avait désiré, à
plus forte raison si c'était pour y rencontrer le
désappointement, la peur, le déséquilibre. Les
déséquilibres que l'on peut rencontrer, c'est
qu'il faut les rencontrer, sans quoi cela veut dire
qu'on se bouche la vue, qu'on préfère ne pas...

Est-ce que je me trompe dans la peinture de
ses pensées ou sentiments d'alors ? Ce que je dis
dessine bien son histoire, donne une idée. Mais
ce sont mes mots, ceux dont je suis capable. Je
puis aller rôder dans son XVIIe arrondissement,
la place du Dr-Félix-Lobligeois. J'entre dans
l'église, et au fond, derrière le maître-autel,

j'admire la Vierge baroque dans la découpure de la voûte, s'envolant sur fond bleu parmi des nuages de théâtre. Je ramasse des détails et je les rapporte à leurs silhouettes entrevues, de même que j'ai voulu contempler l'immeuble moderne, cossu, avenue Trudaine, où elle rejoignait François il n'y a pas longtemps encore. Enfin on peut ramasser des morceaux et les assembler. Oui, décidément, je sais faire. Cela s'apprend. Je puis décrire les lieux, indiquer les dates, restituer un geste, reproduire un mot, attraper des thèmes qui concernent Will ou François, ou son père... Mais c'est comme en histoire, un récit, une biographie : une fois classés les documents, les témoignages, une part insaisissable file entre les repères, entre les décors, les moments, les visages. Bien heureux si les pages ont frissonné.

Allez : tu continues. Tu leur dis ce que tu dois leur dire. Tu cesses de jouer un jeu auquel tu vois bien qu'ils ne croient qu'à moitié. Si tu peux être dupe, eux ne le sont pas. Il y a une vérité qui se manifeste par défaut. Qu'est-ce que tu sais d'eux ? Rappelle-toi que parfois tu ne suis pas la conversation. Où es-tu alors, rapté par quoi, par qui ? Rappelle-toi combien de fois tu as peur, combien de fois tu restes silencieux, la gorge nouée, retenu par quoi, par qui ? Rappelle-toi que tu sais si mal le rire et la danse.

Qu'est-ce qui te l'interdit? Allez, fusille-toi. Dis-leur ce que tu dois leur dire. Rappelle-toi que tu as sangloté et creusé dans le noir. Rappelle-toi que tu as mendié la vie, que tu l'as cherchée, que ce n'était pas donné, vraiment pas donné. Rien. Rappelle-toi de ce que toi non plus tu n'as pas voulu donner. Qu'est-ce qui retenait ta main? Rappelle-toi la peur, l'orgueil et le mensonge. Dis-le! Je suis la défaite au visage de sang, les genoux sur les pierres. J'ai des citernes de larmes. Qu'est-ce qui enfle ainsi le flot de la rivière?

Comment? L'orgueil encore? Le refus de ses limites? Un narcissisme plus pervers encore, plus artificieux? Qui sait? Il le faut pourtant: afin que chaque mot marque la ligne de crête entre l'existence et la déroute, s'inscrive au bord de toi, au-dessus du vide entre toi et tout le reste. À cette pointe extrême se concentre la totalité de ce que l'on est, de ce que l'on sait, de ce que l'on peut. Tous les livres lus depuis la Genèse et l'*Iliade*, toutes les idées envisagées, tous les êtres croisés, tous les liens noués, toutes les émotions ressenties, concourent à l'accomplissement ou à l'échec, à l'accomplissement *et* à l'échec, accomplissement discutable, échec partiel, entre lesquels chaque ligne écrite est une ligne de partage. Qu'est-ce qui te reste?

Qu'est-ce que tu peux encore ? Combien de temps encore, puisqu'il te faut décidément poursuivre cette chimère, avant qu'il n'y ait plus une autre page après celle-ci, un autre livre après celui-ci ? Tout se resserre, se referme, se compromet jour après jour. Tout ce que l'on n'a pas saisi, pas entendu, tout ce que l'on a négligé, tous les êtres regardés distraitement, les moments vécus sans y être, les gestes réprimés, les mots contenus, la vérité mise au placard, tout cela un jour se dresse devant nous comme une montagne. Mon inquiétude devant Anielka est la rançon de tout ce que j'ai été et de tout ce que je n'ai pas su être, la sanction des offensives et des dérobades, la désignation des limites acceptées ou franchies, le solde de mes curiosités et de mes indolences, de mes émois et de mes dédains, de mes intelligences et de mes aveuglements. C'est tout ce que j'ai à donner, à chercher, à espérer dans la vie ; c'est aussi ma destruction, le rien qui m'envahit, la dispersion de ma cendre.

13

Qu'est-ce qui l'avait faite ainsi ? (suite)

En 1912, Lénine s'installe à Cracovie, d'abord dans une banlieue ouvrière, puis dans le quartier de la gare, où il porte lui-même au train son abondant courrier. Je me demande ce que pensait ou sentait Lénine, déambulant dans la vénérable cité, à l'ombre de l'université Jagellon, du Wawel et de la cathédrale – le savoir, la nation, la religion, tant de hauts symboles. La beauté, l'histoire, le souffle des siècles, la piété des hommes, peuvent-ils le toucher ? Le troubler ? On ne le parierait pas. Il poursuit son but avec une opiniâtreté de monomane ; décapé, au-dedans, de tout ce qui pourrait l'en détourner, il fabrique dans sa tête un monde nouveau, un homme nouveau. Pour le réaliser, il détruira tout, s'il le faut, sans une hésitation, sans un regret. Les cogitations de cet inconnu vont forger la moitié du monde pendant la moitié d'un siècle.

Il faut se méfier de ces austères habitués des bibliothèques : on ne sait pas ce qu'ils concoctent. Les plus grandes choses commencent ainsi dans la lubie, la clandestinité, l'activité qui s'isole. En 1938, un jeune prêtre s'installe lui aussi à Cracovie. Il fréquente la même bibliothèque où Lénine et Staline ont travaillé. Karol Wojtyla est lui aussi de l'espèce des obstinés. À la différence de Lénine, cependant, il ne se place pas dans la rupture, mais dans la continuité des siècles, et cette humilité change tout. On sent qu'il peut aimer une peinture, un poème, une Vierge ancienne, des pierres. Il peut poser sa main sur ce qu'un artisan a sculpté huit siècles avant lui. L'intérêt que peut présenter le pouvoir ne semble pas, à cette date, lui être apparu.

Entre tant, en 1924, un agitateur enfermé dans la forteresse de Landberg, en Allemagne, a rédigé un livre intitulé : *Mon Combat.*

À travers les obsessions inaperçues de ces inconnus qui travaillent et qui pensent, se préparent les grandes expériences dont la Pologne sera, pendant les décennies suivantes, le champ privilégié, comme désigné par une inconnaissable providence.

Il n'y a pas à se demander si la vie d'Anielka a quelque chose à voir avec l'histoire polonaise.

Joseph est le produit de toute cette épopée grandiose et terrifiante, faite d'invasions, de déportations, de massacres, dont les figurants ne se comptent jamais par moins de cent mille. C'est l'histoire qui munit Anielka de ce père exilé, porteur d'un regret lourd, d'une colère lourde, d'une espérance amère et doloriste.

Les vocations ne manquent pas, dès lors qu'il s'agit de redessiner l'architecture du monde. Après la guerre, au temps où il n'y a plus d'illusion à conserver sur la réalité des grands régimes dictatoriaux, deux entreprises nouvelles vont tenter d'encadrer l'avenir.

D'une part, à partir de 1944, à l'université de Chicago, quelques économistes qu'on appellera les « Chicago Boys » – Von Hayek, Weaver, Friedman – entreprennent la défense et illustration du libéralisme économique alors repoussé par la plupart des grands États. D'importantes entreprises financeront bientôt les revues, les colloques, les chaires d'universités, chargés de l'inlassable (et « payante à terme ») propagande de cet autre grand système. D'autre part, en 1955, Jean Monnet crée le Comité d'action pour les États-Unis d'Europe. Depuis les années quatre-vingt, la Pologne, toujours elle, sur les décombres du système communiste, se porte volontaire pour expérimenter ces dispositifs nouveaux. Et dans le même temps à Paris, François ne serait pas ce qu'il est, n'aurait pas les mêmes idées et les mêmes contradictions sans l'entreprise des Chicago Boys et celle des pères de la communauté européenne. Nous ne sommes pas « influencés » par l'histoire : nous en sommes faits, elle est notre texture, notre substance.

Communisme, nazisme, catholicisme ont forgé une idée précise – et curieusement semblable – de ce que doivent devenir les femmes. Notre système est différent : il n'énonce pas ce qu'on doit être, mais ce qu'on peut être, et il tente de le rendre engageant. Anielka n'a pas dû se confronter à ce que le communisme ou le nazisme auraient pu attendre d'elle. Elle n'est pas non plus devenue la femme polonaise et chrétienne dont pouvait rêver son père. Elle a été autorisée, par une instance supérieure à lui, à devenir autre. Dans l'Europe où elle a grandi, et disons en France, puisqu'elle grandit en France, le destin des femmes a été orienté autrement, par trois dispositions précises : le droit de vote, en 1944 ; la création du journal *Elle* en 1945 ; la mise au point de la pilule anticonceptionnelle en 1955.

Si elle ne se trouvait pas au confluent de tous ces grands courants, Anielka ne serait pas Anielka mais une autre femme.

Tout système politique dessine une anthropogenèse, un modèle d'individu. Les systèmes dits totalitaires l'énoncent de façon claire et impérative. Le système où nous vivons, en ce sens, n'est pas totalitaire. Il existe pourtant, fût-ce à l'état implicite, virtuel, une nouvelle anthropogenèse européenne. Il ne s'agit pas de dire que mes personnages en seraient les exemples. Aucune existence individuelle n'est totalement régie par ces grandes coordonnées historiques, économiques, sociales. Ils en sont, simplement, environnés ; leur aventure singulière s'y meut en secret, et tantôt s'y conforme et tantôt lui échappe. N'importe quel homme, n'importe quelle femme réelle évolue en partie dans ce que les magazines, le marché, l'Europe, la religion, le communisme, etc., imposent, demandent ou suggèrent, en partie dans ce qu'ils ignorent. C'est ce clair-obscur, ce crépuscule (ou cette aube) qui m'intéresse. C'est dans cette lumière incertaine que nous existons.

*

— Aurore ? Non, je ne vois pas... Vous ne connaissez pas son nom de famille ?

Anielka secoue la tête. En temps ordinaire, ce ne serait rien. Mais aujourd'hui, elle n'a pas envie de se préoccuper de ça, ni de quoi que ce soit d'autre qui se passe ici.

– Une grande brune, mince... explique son correspondant. Elle est à la comptabilité, je crois.

Une grande brune mince ? À l'instant précis où Anielka se représente Annick – mais Annick ne s'appelle pas Aurore ? – celle-ci est devant elle, surgie on ne sait comment.

– S'il te plaît, tu me le passes dans mon bureau ?

Le ton signifie : Ne pose pas de questions.

Anielka n'en pose pas.

– Un instant, monsieur, je vous passe quelqu'un qui veut vous parler.

Le téléphone raccroché, elle reste inactive, le menton dans la main. Rien à foutre des histoires d'Annick. Rien à foutre de rien.

Will ne l'aime pas. Will ne la désire pas. Il a envie de jouer avec elle, c'est différent. Il se caresse avec elle. Ce qui le fait jouir est son propre pouvoir. Il n'est pas là vraiment, elle n'entre pas dans sa vie. Ainsi, elle n'a jamais rien pu savoir de ses rapports avec la nommée Virgine, ses grosses lèvres, sa voix rauque et sa coiffure de parachutiste. Elle ne parvient pas à situer les gens qu'il voit sur l'échelle de ses amitiés et fréquentations. Elle n'est pas dans la vie de Will. Donc, pas dans la vie.

Annick la rejoignit dans le hall, vers une heure moins le quart, alors qu'elle partait seule.

– On déjeune ensemble ?

Elles traversèrent la place, s'installèrent au café. Aussitôt la commande passée, Annick entreprit de donner, au sujet de ce mystérieux coup de téléphone, des explications que sa collègue ne lui demandait pas :

– C'est juste un truc, comme ça... Une blague. Il travaille à la Société générale, tu sais, l'agence de la rue Varlin. On s'est branchés au café, l'autre jour. J'ai dit un prénom au hasard.

Elle aurait manifestement voulu présenter la chose comme un gag, un amusement. Mais elle n'avait pas l'air d'être convaincue elle-même que ce soit drôle.

– Il m'énerve, celui-là... Je me demande bien pourquoi il me rappelle...

Anielka la regarda, attristée. C'était déprimant. Si ce type rappelait avec insistance, c'est qu'il y avait eu quelque chose de plus. On ne poursuit pas au téléphone une fille avec qui on a causé deux minutes au bistro. Elle aimait bien Annick, mais celle-ci ne parlait pas vraiment, elle jouait un jeu, elle essayait d'accréditer un style, une fiction, à quoi elle-même ne croyait pas. Elle passait son temps à évoquer des « histoires », à en parler, à s'émoustiller, pour dire à

149

la fin qu'elle n'en voulait pas. À quoi jouait-elle?

Anielka évita de relancer. Elle était à cent lieues.

Les factures de Tribunes et podiums continuaient d'alimenter les conversations; on murmurait qu'un conseiller municipal, pour des raisons mystérieuses, avait exercé des pressions afin que l'on payât. Dans l'après-midi, un grand gros grisonnant, avec une corne d'argent au bout d'un lacet de cuir, vint demander Annick, avec insistance, à la réception.

Et lui, il savait son vrai nom.

14

La naissance de Quentin

Anielka avait grandi seulette, en sa qualité de petite dernière, entre des parents que tout dénotait comme profondément unis. Joanna, sa mère, avait aimé son époux et n'avait aimé que lui. À vingt-trois ans elle était devenue sa femme : rien à partir de ce moment ne lui fut plus concevable qui pût outrepasser ou modifier cette réalité. Joseph était son mari comme le ciel était le ciel, comme l'escalier de bois de l'immeuble, qui craquait sous les pieds, était un escalier de bois qui craquait sous les pieds. Elle vécut dans le culte de cet homme, comme sa mère avait vécu en servante du sien, et sa grand-mère du sien.

Ils n'étaient pas trop riches. À son installation définitive en France, Joseph avait trouvé une place dans une entreprise de papeterie et matériels de bureau, dont il était devenu après quelques années le directeur commercial. Cette situation convenable et ingrate ne lui faisait pas oublier ce qu'avait été sa famille, là-bas, avant que la guerre ne détruisît la grande maison de son enfance, et que les bois, les fermes, tous leurs biens, n'eussent été confisqués ou perdus. Jamais il ne se plaignit, mais Joanna savait. Elle fut la compagne, l'auxiliaire, le soutien.

Elle pleurait encore cet époux lorsque Anielka fut enceinte. Il se passe dans les cœurs et les âmes des phénomènes que nous n'avons pas l'habitude de nommer. Cette grossesse, sitôt qu'elle l'apprit, vint occuper en Joanna la place laissée par son veuvage. Elle en fit, en quelque sorte, son affaire. Elle rapporta cette naissance à cette mort, ce bébé à ce défunt. Quentin, avant même de voir le jour, fut le prolongement, la survie de Joseph; il fut voué, dédié, consacré à l'absent dont il était le petit-fils. Toute mention de l'un appelait irrésistiblement l'évocation de l'autre. Joseph eût tant aimé le voir naître, le voir grandir, le promener, jouer avec lui!

Cet investissement, cette prise de possession au nom du mort n'avaient pas été, Anielka s'en souvenait, sans provoquer en elle un de ces malaises sourds que l'on réprime, que l'on évite d'entendre; fallait-il que son bébé, encore dans les limbes de son ventre, fût déjà un enjeu et un emblème, fallait-il qu'on lui mît déjà tout un passé sur le dos?

La séparation d'Eric et Anielka, qui suivit de peu la naissance, fut un drame. Plus tard seulement, peu à peu, Anielka put me dévoiler ce qui s'était réellement passé. Cela n'avait pas été calme, cela n'avait pas été l'affaire d'une jeune femme qui mène sa vie à son gré. Décidément, la sérénité chez elle n'était qu'une apparence. Cela avait été l'affaire de tout le monde. Anielka n'avait rien dominé, orchestré ni voulu; elle vécut ces événements dans l'incompréhension et la panique; moyennant quoi tout le monde s'en empara. Voyant leur mère atterrée, épouvantée, ses frères étaient intervenus; puis les belles-sœurs; chacun et chacune, enfin, eut son mot à dire à une Anielka silencieuse, meurtrie, humiliée, incapable d'exprimer et d'imposer son point de vue, son comportement et ses choix. Il avait bien fallu deux ans pour qu'un modus vivendi fût retrouvé, Quentin chez son père, Anielka installée place du Dr-Félix-Lobligeois dans l'appartement acheté avec pour « apport » initial sa part de l'héritage paternel : Joseph avait à leur insu, durant toute sa vie, mis de côté une pension militaire qu'il était parvenu à obtenir.

Anielka, depuis ce temps, ne voyait plus ses frères que quatre ou cinq fois l'an, estimant souhaitable que Quentin fréquentât ses cousins. Et puis ils l'invitaient en vacances, par exemple : un motif pour elle de composer, de leur faire bonne figure. Elle avait tout de même besoin d'eux.

Elle était depuis moins d'un an la compagne d'Eric lorsqu'elle s'était trouvée enceinte. Son médecin lui avait demandé d'interrompre durant un cycle son traitement contraceptif. Et pendant cette période, sans trop le savoir et en le sachant très bien, ils avaient « pris le risque ».

Eric avait sauté de joie à la nouvelle. Elle n'avait pu se défendre de penser qu'il se l'assurait ainsi, comptant qu'elle resterait à cause de l'enfant. Avec enthousiasme, il s'était lancé dans la recherche d'un appartement, calculait le financement d'une nouvelle voiture, sans s'apercevoir, sinon peu à peu, au fil des semaines et des mois, avec étonnement d'abord, puis avec inquiétude, puis avec colère, avec douleur aussi, qu'elle ne suivait pas.

Elle ne suivait pas. Il fallait qu'il s'occupât lui-même de tout, des rendez-vous chez le gynécologue, de l'échographie, d'une place en maternité et à la crèche. Elle oubliait tout, les feuilles de sécu, les démarches. Elle en pleurait, mais elle ne suivait pas. Où était-elle ? Nul ne le savait. Pas lui, en tout cas. Eric, une semaine avant terme, avait dû s'occuper tout seul d'acheter un berceau, un landau, quelques accessoires.

Dans la période qui suivit la naissance, elle s'était sentie déprimée, ébranlée, de la même façon qu'après un accident quelques années plus tôt, une chute, lors d'une randonnée au cours des vacances, qui lui avait démis l'épaule et labouré la peau. Durant près d'une semaine, le bras pansé et soutenu par une écharpe, elle était demeurée silencieuse, fuyant la compagnie, à tout instant prête à pleurer. Ce fut semblable avec Quentin : elle n'avait d'autre envie que de s'asseoir sur un canapé, de le poser près d'elle ou de le garder dans ses bras – et de rester ainsi à le bercer, à se bercer, à chantonner, retardant le moment de changer la couche alors même qu'il avait rougi, émis de petits grognements et puait innocemment la merde. Voilà, l'affaire était là, dans ce vague à l'âme, cette rumination de tout et de rien, cette sauvagerie qui n'était ni heureuse ni malheureuse ; un demi-jour de la conscience.

Ces berceries un peu mornes, l'odeur du caca dans la couche : il y avait là quelque chose qui cadrait bien avec son indolence, sa vieille rêverie, les envies de s'en aller, les soirées solitaires dans son appartement.

Eric s'affolait, tempêtait, se calmait, encourageait, réconfortait; tout recommençait le lendemain. Il ne supporta pas longtemps cette impossibilité à la mettre sur des rails. D'un naturel énergique et actif, il avait le sentiment de vivre avec une souillon. Il s'apercevait qu'ils n'étaient, au fond, d'accord sur rien. Et puis il butait sur cette ombre, en elle, sur ce mystère qui la désolait autant que lui, mais devant quoi toute sa bonne volonté était impuissante. La volonté ne sert à rien devant ces opacités.

Six mois plus tard, il rencontra Hélène. Divorcée avec une petite fille, elle avait envie comme lui de (re)construire un couple, d'élever des enfants, de tout organiser; enfin ils étaient sur la même longueur d'onde.

– Et au lit, c'est mieux? dit Anielka, le jour où Eric la mit au courant.

Il épousa Hélène, acheta avec elle la maison des Buttes-Chaumont. Joanna vint s'occuper de Quentin place du Dr-Félix-Lobligeois. Par la suite, le gamin parut apprécier de vivre chez son père, à cause du petit jardin et de la fille d'Hélène. Anielka, peut-être confusément soulagée, ne s'était pas opposée à ces dispositions. Lorsque je lui ai demandé si elle ne souffrait pas de ne pas vivre avec lui, elle m'a répondu sans gaieté qu'elle le voyait souvent, qu'il était heureux. Elle lui laissait des messages sur son Tatoo.

Des messages sur son Tatoo. Mouais. Le progrès fait bien les choses. Mais que s'était-il passé, que s'était-il vraiment passé dans ce moment de son existence ? Personne ne le savait. Elle non plus. Avec sa mère – celle-ci trop heureuse qu'un équilibre eût été retrouvé, qu'elle ne jugeait pas le meilleur, mais auquel elle s'était résignée –, elle n'en parlait plus. Avec ses frères, moins encore. Un tabou familial s'était établi : on ne ferait plus allusion à ces épisodes. Il n'y eut que Will, et moi par la suite, pour être admis à y entrer ; disons plutôt que Will y entra par effraction, à sa manière. Il lui avait fait raconter cela, demandant çà et là une précision, puis il commentait, comme s'il la plaçait sur son théâtre, dans la lumière :

« Donc, tu es jeune maman, jeune accouchée... Ton compagnon, ta mère, les amis, les frères, tout ce monde se presse et s'agite autour de toi. Ce ne sont que biberons et landaus, bons conseils concernant les petits pots, les érythèmes, les pleurs nocturnes, le choix d'un pédiatre... Et toi, au milieu de tout ça, tu n'es pas bien. Toi seule sait que ça ne va pas. Il y a

157

un puits d'ombre où tu tombes. On t'a déjà dessinée, on te dit de toute part ce que tu es, ce que tu dois être. Tu voudrais aller te cacher... »

Elle écoutait, les yeux dans l'invisible. Ce qu'il disait ressemblait bien à ce qu'elle avait vécu, mais il allait un peu vite. Elle ne savait pas. Sa réticence à être mère, plus forte que sa volonté, lui demeurait comme une épine dans la chair; c'est tout ce qu'elle savait. Elle n'avait pas envie d'en entendre parler. À l'époque, déjà, elle aurait voulu s'en faire son idée, de cet enfant, apprivoiser à sa façon ce petit humain qui grossissait en elle, mais rien à faire, sa mère, Eric s'étaient emparés de Quentin comme des voraces, pour lui reprocher ensuite de rester en arrière, de ne pas suivre. Ne comprenaient-ils pas qu'ils la dépossédaient de cette maternité qu'elle n'avait pas même eu le temps de vouloir? C'était comme s'ils étaient venus le chercher dans son ventre, et ils se scandalisaient qu'elle le leur laissât, puisqu'ils le voulaient tant! Et à présent c'était pareil, Will en cinq minutes s'était déjà fait son idée sur la question, cric crac, au carré tout de suite, on applique la théorie.

Chercher en elle. On allait chercher quelque chose en elle, toujours, pour avoir prise, et la dominer.

– François sait tout cela ?

– Pas vraiment. Il connaît en gros l'histoire, mais il y a des choses... Enfin, cela m'appartient.

– Oui... Au fond tu t'es réfugiée vers lui, et tu lui mens. Tu t'en sers... Tu étais en fuite, en déroute, et il t'a récupérée sans trop poser de questions. Sans doute que ça l'arrange ? Il n'est plus tout jeune, tu as seize ans de moins, tu es désirable... La bonne aubaine. Vous vous servez l'un de l'autre.

– Je ne sais pas... Je ne sais pas...

– Ça crève les yeux.

On ne pouvait pas lui dire plus clairement qu'elle vivait depuis quatre ou cinq ans dans le mensonge et l'illusion. Elle sentait l'injustice, Will n'y comprenait rien, on ne la comprenait pas ; mais, incapable de nommer ce qu'elle sentait, d'imposer ses mots en lieu et place de ceux des autres, elle admettait le jugement : elle était vraiment lamentable, elle ne savait pas vivre, etc.

Mais pourquoi était-elle ainsi ? Ce n'était pas sur ce ton qu'il aurait fallu réagir. Il n'aurait pas fallu avoir la gorge serrée, il n'aurait pas fallu se laisser dire tant de mal de soi.

D'un autre côté, Will disait vrai. François ne savait pas tout, et sans doute avait-il préféré ne pas insister. Elle repensa à ce que disait Annick un peu saoule, l'autre fois : « Il ne faut pas

159

qu'un mec en sache trop long... » À sa façon un peu grotesque, elle avait mis le doigt sur quelque chose. François lui avait offert l'occasion de se fuir elle-même. Les nouvelles amours effacent des ardoises, amnistient des condamnations.

Mais aussi, à qui la faute ? Personne, ni Eric, ni François, ni sa mère n'avaient jamais paru envisager, soupçonner qu'elle pût être une autre que ce qu'elle était pour eux, que ce qu'ils voulaient qu'elle fût. L'idée ne les effleurait pas que ses désirs puissent ne pas s'y résumer, qu'elle pût n'être pas vraiment (ou, un jour, n'être plus) celle que l'on prenait pour elle. Eric s'était emparé de tout, avait tout arrangé, sans autre réaction que le chagrin et la colère, deux masques de l'incompréhension, quand il s'était aperçu qu'elle n'entrait pas dans les perspectives qu'il traçait. Plus tard, elle avait accepté de François un rôle encore, un autre rôle, le personnage, la femme qu'il faisait d'elle, un peu jeune, un peu rêveuse, avec son enfant; intelligente; jolie; ayant besoin de protection. Elle n'avait eu qu'à s'en remettre à cette idée qu'il avait d'elle, et qu'il approuvait, qu'il accueillait, pour n'être plus ce puits de contradictions et de malaises, cette intériorité obscure. Ce sont les autres, ce qu'ils voient en nous, ce que nous acceptons d'être ou de faire en vue de nous rapprocher d'eux, qui nous arrachent à notre schéol, nous composent une apparence. Ce qu'il y avait en elle de confus, de douloureux, d'inapaisé, l'amour protecteur de François lui avait permis, quatre années durant, de ne plus le voir, de ne plus s'en soucier, et même, à part quelques symptômes légers qui pouvaient a posteriori passer pour des avertissements, de ne plus le sentir. Et à présent, quelle autre femme essayait-elle d'être, auprès de Will ?

Elle lui livrait tout cela, à demi consentante, à demi forcée, consentant à être forcée, redoutant et attendant la profanation et le saccage, et ensuite, elle voulait le faire bander, elle redemandait un whisky, ils fumaient un peu de hasch, ils baisaient. Être une maîtresse, une amante, c'était un moyen de fuir ces images d'elle-même qu'elle haïssait, et puisqu'il fallait toute cette destruction à Will pour la trouver nue et avoir envie d'elle, eh bien elle le lui donnait, elle lâchait tout comme on flambe sa paye au jeu, tant pis s'il emportait tout, tant pis si le jour approchait où il ne lui resterait rien.

*

Comment la lumière changea-t-elle ? Ce fut insensible comme les nuages qui se disloquent, la glace qui lâche aux berges des fleuves. On s'occupe aux besognes du jour, et voilà que le ciel a mué.

Il y a des moments où il vaut mieux ne plus s'accrocher, ne pas insister. Ne pouvant plus conjurer la déroute, j'avais résolu de l'accepter. Voilà, j'étais au milieu de mes décombres. Et si je n'étais plus rien, il y avait quelque chose au-delà de moi.

J'avais résolu d'être seul, absolument seul, démuni; de ne plus transporter des miroirs d'occasion. Tout perdre. Accepter de tout perdre, que tout soit bien compromis, qu'il soit bien assuré que je n'étais plus capable de rien.

Je n'attendais plus rien de personne. Plus aucune bonne surprise. Ne rien attendre, paradoxalement, c'est bon. C'est un soulagement. J'avais déjà connu cet état en d'autres saisons. J'habitais en ce temps-là une ville avec un fleuve. C'était déjà bien beau d'avoir un fleuve. J'aimerais un jour mêler ma cendre avec un fleuve. Je ne voyais jamais sans un bouleversement du cœur l'estuaire de la Loire, et l'immense pont, immatériel, qui paraît vouloir se sauver dans les cieux, au-dessus du vertige de ces rives comme des jambes ouvertes sur la jouissance du fleuve, une clameur inaudible, à faire sauter pourtant les campagnes entières...

Qu'est-ce que je disais ? S'échapper. Oui, j'étais allé jusque là-bas, alors. Je me suis échappé de divers contextes. Je me rappelle l'appartement de Nantes, un mois de juillet, déserté, il faisait chaud, les baies donnaient à l'ouest, à partir de quatre heures après midi c'était intenable jusqu'à la nuit tombée. Je ne sais pas ce que je faisais de mes jours. Je revois juste une bouteille de muscadet ouverte et la télé louée, par terre, sur la moquette marronnasse. Peut-être, ce blues léger en lequel Anielka aime à se laisser prendre et porter... Notre centre flou de rumeur... Qu'est ceci ? Je ne sais pas. Ah, cet été. Après (ou avant ?) il y avait eu Paris, très chaud également, la nuit je faisais de grands tours en voiture, vitres baissées, Barbès, les Batignolles, l'Étoile, je suivais les quais. Je roulais, comme ça. Je fumais des clopes. Et c'était bon. Lâcher. Ce que j'ai pu aimer Paris au hasard, n'importe où, et marcher des journées entières jusqu'à l'épuisement, à la saoulerie, à l'état d'hypoglycémie qui parfois me guette, et me précipiter alors dans le premier troquet, pour manger quelque chose et repartir.

Dégommer. Dénoncer. Tirer sur le pianiste. Qu'il ne reste rien ! mais rien. *Ce qui est fragile est à casser.* Le portable et ces lignes, écrire ces lignes, avec le même bonheur fondamental que celui d'allumer une cigarette, autant de cigarettes qu'on veut. De lire un journal qu'on ne lit jamais, *Le Soir* de Bruxelles. De se mettre la figure au soleil. De regarder une rétrospective Claude François à la télé. D'être dans un train. En transit n'importe où. Un livre, une bière. Quand il ne reste que l'instant et qu'on en est bien sûr, quand on est en accord avec cet instant précis, sans rien regretter ni attendre, alors on a le temps devant soi et le monde devant soi, les maisons, les visages, tout devant soi à la bonne distance.

Je repartais de rien. Je fis le projet d'aligner sur une feuille deux mots qui s'accorderaient peut-être. Si je devais assembler deux mots pour commencer, pour tout commencer ? Je recherchais ces couples initiaux. La fenêtre devant moi me donna ciel et terre, ici et là-bas. Entre « ici » et « là-bas », je songeai à « viaduc », qui est fait de deux mots aussi : *viam ducere*. Conduire la voie. Une rive, l'autre rive. Tout était au-delà du fleuve. J'ajoutai un mot double : rendez-vous.

D'autres événements se produisent, les jours ne se ressemblent pas, ni les visages, on est entraîné sur des lignes de fuite, le temps paraît filer sans que l'on sache comment. L'histoire d'Anielka demeurait en attente, à la consigne, et puis j'étais alerté par le sentiment obscur d'un oubli; je cherchais; qu'était-ce donc? Et j'étais ramené à l'avenue Trudaine, au XVIIe d'Anielka, à ce restaurant de la porte de Champerret... Que se passait-il là qui m'attachait, qu'il fallait que je retrouve? Qu'est-ce que j'avais à faire avec ces gens, parmi eux, dans leur vie, anxieux de les comprendre – de leur ressembler peut-être...

Et finalement poussé à parier qu'ils me sauveraient – eux?

15

La métamorphose et le deuil

Mais après tout – mais en même temps – fallait-il, faut-il prendre à ce point au sérieux l'histoire d'Anielka ? Est-ce que je ne me laissais pas impressionner, plus que de raison, par les tribulations d'une fille paumée ? Et Will n'avait-il pas quelques motifs d'ironiser sur « ce qu'il découvrait », les fragilités, les peurs dérisoires, les inconsciences ? Qu'est-ce que ça vaut, une Anielka entre deux types, entre un enfant et un père, entre elle et elle-même, et qui ne sait pas où elle a mal ? Pour avoir écarté l'injuste dédain, le genre supérieur et philosophique, n'allais-je pas tomber dans la crédulité jobarde ? Thérèse empoisonne son mari, Emma Bovary s'empoisonne. Voilà du concret, du solide. Le désir, les incertitudes et les errements du désir, cela vaut-il l'encre pour s'en barbouiller ? Oui, répond notre temps, celui d'Anielka. On nous jure depuis trente ou quarante ans que nos petits troubles sont une chose sérieuse. « On » : les haut-parleurs d'un monde qui prêche continuellement, bien que ce ne soit plus en chaire. Et tout cela se rapporte au désir. La réponse jadis eût été différente. Je ne parle pas des réponses sottes, des réponses toutes faites du conformisme et du préjugé ; je parle d'un homme crédible et sérieux comme Balzac, par exemple. Les romans nous renseignent et permettent d'utiles comparaisons. Ce qui compte, à son point de vue, ce sont les mariages, les héritages, les places. Point final. Le reste n'a aucune importance. Tout est possible, tout est permis, tout est représenté – mais pas pris au sérieux. Rien de moins pudibond et rien de moins crédule. Et quelles femmes, pourtant, quelles héroïnes ! Voyez la duchesse de Maufrigneuse, née d'Uxelles, princesse de Cadignan, retirée du monde après une jeunesse dissipée : « Sur une table, brillait un album du plus haut prix, qu'aucune des bourgeoises qui trônent actuellement dans notre société industrielle et tracassière n'oserait étaler. Cette audace peignait admirablement la femme. L'album contenait des portraits parmi lesquels se trouvaient une trentaine d'amis intimes que le monde avait appelés ses amants. » Cette femme a croqué des millions, ruiné puis sauvé le malheureux Victurnien, elle les a tous eus, les beaux lions, Marsay, Rastignac, Ronquerolles, Ajuda-Pinto. Le républicain Michel Chrestien s'est consumé d'amour pour elle. Et Laurence de Cinq-Cygne, dans un tout autre genre, la chaste et royale amazone, la résistante, la Chouanne, la Colomba champenoise, cela vous a tout de même une autre gueule, non ? Il ne faut pas perdre cela de vue, même si l'on doit regarder ce qui se passe, car on ne choisit pas son temps.

Regarder ce qui se passe. J'écris ceci rue Montorgueil, à la terrasse d'un café. Aujourd'hui j'aperçois la fin de ma traversée du désert, le monde lentement se reforme et je le laisse venir avec ses bêtes effarouchées. Et que se passe-t-il, rue Montorgueil ?

Depuis quelques années le peuplement de ce quartier, où réside Will, a évolué de façon assez semblable – quoique moins voyante – à ce que donnèrent à observer, dans la décennie précédente, la rue de la Roquette et les environs de la Bastille. Ici comme là, l'ancien peuple de Paris a évidemment disparu. Quelques commerçants peut-être, ou bien telle vieille poivrote maquillée, à fourrure et cigarettes blondes, assise au bistro devant un apéritif, rappellent encore au promeneur le Paris de Georges Simenon. Ce qui s'épanouit maintenant dans le secteur, c'est la nouvelle classe moyenne, dans sa frange marginale, intellectuelle ou artiste. Autrement dit, peu de familles. La présence homosexuelle se fait sentir, à certains égards elle donne le ton : jeans moulants, boucles à l'oreille, crânes rasés ou cheveux teints, débardeurs ou blousons de cuir. Il y a l'homo discret, humble, style chanson d'Aznavour ; le gay décomplexé genre « folle », le beau brun avantageux, la tendance gym center, la tendance destroy, la tendance piercing. Et cette présence crée une ambiance paisible, aimable, libre en somme. Il est intéressant que l'on ait acclimaté, pour décrire ce qui n'est plus seulement une minorité sexuelle, mais une tendance sociologique, un nouveau mot : « gay ». Un nouveau mot, il faut toujours parier que c'est une signification nouvelle. Homosexuel désigne une préférence amoureuse, gay renvoie à un art de vivre, et sans doute à une morale de tolérance. Les homosexuels ont suffisamment eu à subir les moqueries, le mépris, la hargne ou la violence, pour savoir respecter l'autonomie d'autrui. Ils ont défini, porté, lancé l'ambiance gay. Le gay, c'est la manifestation, la tenue implicite d'un discours qui concerne aussi les hétérosexuels, qui s'adresse à eux. Ce que signifie la présence gay,

169

cette ostentation tranquille, c'est : chacun peut être ce qu'il est. Ce type qui passe en rollers et baladeur avec son short et son sac à dos, est une application de ce principe : il s'est composé un look, il s'est ainsi construit, dorloté, aménagé. Ma liberté est la vôtre : tel est son message « sympa ».

Que viennent faire ici ces considérations ? Je l'ai dit, je ramasse des trucs. Des bouts de journaux, des lectures, des constatations. Il y a un rapport, peut-être. Anielka fréquente désormais ces parages. Will se trouve comme un poisson dans l'eau au milieu de ce *queer* urbain où s'élabore aussi, au gré des modes, des tendances et des revendications, l'anthropogenèse européenne d'aujourd'hui. Anielka le suit avec une curiosité mêlée d'inquiétude, et peut-être cet environnement, ce qui s'y donne à lire, est-il une métaphore de ce qui se passe en elle, à la recherche de nouvelles fréquences sur le tuner interne, dans un brouillage chuintant et crépitant.

Elle provient d'un monde si différent.

*

Le Jour des morts trouvait Joseph inquiet, désemparé, cherchant des tombes. Ces gens n'avaient pas d'autre tombe que la sépulture modeste, là-haut dans le Nord, des grands-parents maternels d'Anielka. Joseph se rendait à Saint-Roch, au monument Chopin, au Père-Lachaise. Anielka enfant l'avait suivi dans ces expéditions erratiques à la surface de Paris.

Cette étrange recherche, comme d'un chien qui ne se souvient plus où il a enterré son os, peut paraître d'un comique douteux. Pourtant, elle préfigurait peut-être la condition prochaine des habitants d'un pays, d'un continent où l'on s'en va vivre sa vie ailleurs, où morts et vivants seront de plus en plus souvent séparés par des centaines ou des milliers de kilomètres, et où, n'ayant pas la moindre intention de mourir où l'on vit, on transportera des morts dans des urnes, des morts portables comme il y a des téléphones et des ordinateurs portables.

Elle me parla de son père, plus tard; elle avait beaucoup répondu à Will, mais c'est à moi qu'elle confia vraiment ce qu'elle avait découvert, à la longue. Elle revenait sur cette hantise qu'il avait de la maîtrise du langage, du bon français, et qui constituait le motif apparent (l'enjeu perçu) des lectures de Corneille.

« Avec lui on se comprenait, on se connaissait. Il y avait entre nous une forte complicité, qui était peut-être un piège. J'ai cru longtemps que cette insistance sur le français reflétait son désir que je m'adapte, que je devienne plus française qu'il n'avait pu l'être, que je ne sois pas comme lui une exilée. Mais tout compte fait, je me demande si le but n'était pas plutôt que je ne m'adapte pas, que je résiste. Il pressentait, ici en Europe occidentale, la naissance, l'émergence de quelque chose qui ne lui plaisait pas, et qui s'avancerait armé de la beauté du Diable. Je me rappelle l'avoir entendu pester contre les groupes anglais : "Vous ne vous exprimez plus dans votre langue, mais dans une autre, que vous ne connaissez pas !" À quinze ans, ce genre de truc fait hausser les épaules. En tout cas, il cherchait à me retenir. D'où peut-être Corneille. Je me souviens de ce mot qui est répété plusieurs fois, je ne sais plus trop dans quelle pièce : le change. Le change d'un amant, d'une épouse. Le fait que le désir change, voilà ce qui était le scandale. Corneille, c'était un bastion.

« Après l'élection de Jean-Paul II, il a cru que de grandes mutations allaient s'accomplir. Au fil des mois et des années on voyait bien que l'édifice socialiste était en train de se lézarder, cela craquait de tous les côtés. Il pensait qu'une nouvelle société pouvait naître, qui ne serait ni le communisme, ni la simple reproduction de ce qu'il y avait ici... Ses dernières années se sont écoulées dans cette espérance. »

Je me souvenais en effet que l'on disait cela, à l'époque. Soljenitsyne avait écrit un livre à ce sujet. Il s'était fait traiter, non sans quelques raisons, de réactionnaire. L'héroïque dissident du communisme avait le toupet de ne pas nous trouver parfaits ! Joseph s'inscrivait dans ce courant de pensée. Il est triste de se dire que dans les pays libérés du communisme, en effet, durant très peu de temps, une possibilité a existé, si mince fût-elle, pour qu'apparaisse quelque chose de neuf en Europe. La porte a été vite refermée. Ils se sont rués vers les consoles Sega et les chaussures Reebok, point final. Et si c'était toute l'histoire d'Anielka ? Elle ne peut plus être la femme qu'imaginait son père ; elle ne parvient pas non plus à être la femme que suppose notre modernité. Et si son malaise reflétait la nostalgie de ce qui n'est pas ? De ce qui viendra peut-être ?

Hypothèses, hypothèses vagues. Relations vagues. Mais j'aime mieux toujours me fourvoyer que de ne pas aller voir, j'aime mieux une question ouverte qu'une réponse étroite. Je suis là pour chercher midi à quatorze heures.

Entre tant, elle avait grandi, et Joseph vieillissant avait continué tout seul à fréquenter monuments et tombeaux, devinant sans doute qu'après lui la chaîne des générations allait se rompre, que ce qu'il avait porté ne serait plus porté, que ses enfants oublieraient l'histoire familiale, les ancêtres abandonnés dans leur lointain pays. *Les morts, les pauvres morts, ont de grandes douleurs.* Oui, Joseph, oui. Mais les pauvres vivants n'ont-ils pas besoin de l'oubli ?

Évidemment, naturellement, fatalement, bien entendu, Will avait son idée là-dessus comme sur toute chose :

– Tu l'as abandonné, ton père. Tu as tout abandonné.

– Qu'est-ce que je pouvais faire ? Ce n'était plus ma vie, tout ça.

Will avait raison et tort. Oui, elle avait abandonné un héritage. Son destin comportait la négation et l'oubli de l'origine. Anielka était née du mariage des contraires : les exodes l'avaient sédentarisée, la guerre l'avait livrée à la paix. Tous ces piétinements de foules déracinées, violentées, écrasées par les machines guerrières, les machines totalitaires, les machines économiques, l'avaient déposée dans une enfance paisible, un pays d'abondance et de calme. Que de fantômes évanescents, de dates confondues, d'anecdotes oubliées, de photos sans nom. Tout s'effaçait. À Hénin-Liétard, on pouvait désor-

174

mais descendre dans la mine où avait travaillé son grand-père, parcourir les galeries, examiner l'outillage; en Pologne, on pouvait visiter le camp d'Auschwitz. Mais dans le pays minier du Nord, la jeune Parisienne s'était languie de ses cafés et de ses rues. Et quant à la Pologne... Elle avait là-bas des cousins, un tas de cousins dont elle ignorait tout, de même que des grands-parents, des oncles, des tantes; sauf – assez vaguement d'ailleurs – l'histoire de cette cousine de son père, religieuse à Katowice, qui avait à quarante-sept ans rompu ses vœux, et tenté de rattraper la vie dans la Pologne communiste. Cela avait été misérable. On entrevoyait des histoires d'hommes, des coucheries pour obtenir du travail, et puis un crépuscule d'ivrognerie. Elle était morte à l'hôpital en 1975. Le peu qu'en savait Anielka provenait de la lettre qui l'annonçait à son père. Étrange destin. Elle y avait repensé en lisant dans *Libé* un papier sur la « sœur Sourire », la nonne chantante des sixties, morte dans une décadence totale, baiseuse, droguée, bouffée par l'hépatite. Pauvres femmes, pauvres êtres brisés pour avoir endossé un costume pareil à la tunique de Nessus.

Will ricanait : « C'est ahurissant comme on se repaît aujourd'hui de destins de femmes d'autre-

fois, inévitablement écrasées, malheureuses...
C'est pour dire aux femmes d'aujourd'hui
combien elles ont de la chance. C'est à peu près
ce que je disais du FN en politique. Cette
société incapable d'entraîner l'adhésion a besoin
de brandir toutes sortes de repoussoirs. »

Anielka elle aussi avait endossé des costumes,
était devenue une étudiante sérieuse, une jeune
mère, une employée des services culturels, puis
la compagne de François. Visages successifs et
fragiles. Elle n'est résumable à aucun d'entre
eux. Elle n'y est pas vraiment. Elle s'absente.
Elle m'a dit un jour que les seuls moments qui
lui donnaient l'idée d'un juste rapport avec la
vie sont ceux où elle « lâchait ». J'aimais bien
cela.

« Cela dit, mon père n'a jamais semblé
s'inquiéter en me voyant adopter les façons et
les réflexes de mon temps. J'ai pu avoir l'air de
devenir une femme de mon époque, une nana
comme les autres – comme celles qui sont défi-
nies dans *Cosmo*, disait Will. Du moins j'en
donnais les apparences. Je pense qu'il n'y
croyait pas. Il jugeait que je faisais semblant, ou
que je me trompais. Il me jouait avec confiance.
C'était un homme plein de confiance. Et peut-
être que j'ai appliqué, sans le savoir, son scepti-

cisme. J'ai fait ce qui se faisait, et je n'y étais pas. »

Elle n'y était pas, mais elle l'ignorait; elle n'y était pas, mais elle croyait y être. Sa vie avec Eric, précédée de quelques histoires avec d'autres, lui avait fait considérer, de façon implicite ou machinale, qu'elle n'appartenait plus à son enfance catho-polo-coincée, cornélienne de surcroît, puisqu'elle avait vécu comme les filles de son âge.

Il faut creuser ce point. Sa situation est celle de toutes les femmes nées dans les mêmes années, elle a changé depuis. Entre son enfance et sa vie de jeune femme, entre son éducation et son comportement, entre ce à quoi on pensait la préparer et ce qu'il lui est donné de vivre, existe un hiatus; ceci n'était pas prévu dans cela; l'exécution ne suit pas le programme. Pour le dire de façon schématique, les femmes de son âge ont été élevées dans l'idée qu'elles seraient comme leurs mères, et elles ne l'ont pas été. L'époque s'est interposée avec de nouvelles mœurs, de nouvelles exigences, de nouvelles séductions. On sous-estime la véritable sommation dont un individu jeune fait l'objet d'avoir à être et à vivre comme cela se fait autour de lui. Les slogans peuvent changer, ils recèlent la même incitation expresse à la conformité. De ses dix-sept ans à la naissance de son fils, Anielka avait vécu machinalement, faisant comme elle voyait faire, adoptant les mœurs ambiantes, trouvant souhaitable ou simplement naturel ce qu'elle n'eût sans doute pas imaginé seule. Combien furent pareilles, prises au jeu quelquefois, mais en surface ? Subsistait en musique de fond, comme un aveu de distance qu'elle-même n'identifiait pas, sa rêverie tranquille et insondable.

À travers la jeunesse d'Anielka, un monde particulier, ancien, vient mourir dans ce temps, comme, à la même époque, d'autres univers anciens et bien identifiés : monde paysan, monde ouvrier, monde des vieilles familles bourgeoises ou aristocratiques, tout cela baigné de catholicisme. Les années soixante ont fait de la rupture des jeunes gens avec leur milieu une sorte de lieu commun, de mot d'ordre. Les enfants de paysans allèrent à l'université, les fils de notables devinrent gauchistes, etc. Un grand nombre envoya balader le catholicisme. En réalité, ce qui se présentait comme une rupture voulue (exprimée par le mouvement de mai 68) était une adaptation subie. D'où le nombre de drames, de vies gâchées, de dérives, d'échecs qui marquèrent ces générations. Plus l'univers originel était identifié, marqué, prégnant, plus la réadaptation est difficile, problématique, occasion de souffrances ou de théories.

Dans quoi ces mondes révolus viennent-ils s'anéantir ? On le voit, mais on ne saurait le dire. Dans de la télé, du supermarché, des loisirs, de la « démocratisation des voyages », de la technologie, des psys... Enfin dans ce qui est autour de nous, là, maintenant, et qu'on a tant de mal à caractériser. Dans l'anthropogenèse présente, dont on n'a pas la clef, qui constitue un modèle invisible, indessinable, lequel s'impose quand même avec violence, d'autant plus qu'on ne le connaît pas.

La mort de son père avait été, dans ces conditions, un événement qui n'avait pas vraiment de statut, de place définie. Un chagrin, bien sûr ; un trouble profond. Mais dans quel rapport cela la mettait-elle avec son enfance, son origine, tout ce qui l'avait faite et dont elle se jugeait séparée ? L'était-elle vraiment ? Elle ne le savait pas et ne se le demandait pas ; elle percevait seulement la faille, l'incohérence, les sentiments à différents niveaux mal orchestrés.

Sa mère avait porté le deuil. Will s'intéressa à ce point. Avait-elle fait de même ?

– J'y ai pensé. Puis j'ai laissé tomber.

– Tu avais pensé à porter le deuil : en ce cas, tu aurais dû. Pourquoi ne l'as-tu pas fait ?

La main de Will se promenait sur sa joue, caressante; mais elle sentait la menace. Cela lui donnait envie d'ouvrir ses lèvres.

– Tu ne l'as pas fait parce que cela ne se faisait plus, n'est-ce pas, parmi les filles de ton âge...

– Oui, c'est un peu ça...

La main s'abattit. Anielka eut un afflux au plexus et tendit ses lèvres. Elle n'obtint rien. Sa joue la cuisait légèrement.

– Moi je ne veux pas qu'on agisse parce que ça se fait ou non. Je voudrais une Anielka en relief... Tu vois?

Il souriait:

– Et puis merde, une femme en deuil, c'est un peu plus sexy qu'une pétasse en jogging.

Un soir, cependant que les lèvres de Will s'attardent sur son ventre, elle murmure: « J'ai pleuré mon père, mais pourtant, à l'instant précis où sa mort m'a été annoncée, j'ai pensé que je serais libre. »

– Ah, voilà une parole. Redis-moi ça.

– Libre. C'est la première idée qui m'est venue.

– Tu l'as caressée, cette idée? Tu t'y es complu?

– Non. Je l'ai chassée.

– Pourquoi?

– Je ne sais pas.

– Elle te faisait peur. Tu trouvais cela immoral.

– Peut-être.

– J'en suis sûr. Or je ne veux pas de ta peur. Il ne fallait pas renier ton père ; ou alors, il fallait le renier clairement et sans baisser les yeux.

Il le lui reprocha. Il la contraignit à revenir sur cette idée, longuement.

– Finalement, tu m'intéresses parce que tu es typique du délabrement dont je parlais l'autre jour. Tu as tout largué, ton milieu, tes origines, sans même t'en apercevoir... Tu as couru après les nouveaux modèles, tu as tenté d'obéir aux nouveaux ordres... Tu es une gâcheuse.

Elle s'inclinait, malheureuse, devant ce jugement. Oui, quelque chose se gâchait, se finissait, se dilapidait en elle ; plus rien ne serait transmis ; tous les morts qu'avait aimés Joseph mouraient une seconde fois dans son oubli et son indifférence ; et cet abandon n'était pas même dû au beau désir de trahir qui signale parfois les âmes fortes. Il procédait de l'air du temps, il ressortissait au « c'est comme ça », à la conformité mollasse, à l'obéissance machinale.

Et malgré tout, elle avait envie de s'insurger. Pourquoi se laissait-elle dire tant de mal ?

181

– Arrête. J'en ai marre.

– On continue.

– Tu es pervers. Tu n'as aucun sentiment.

– Les sentiments je m'en fous. Il n'y a que la perversité qui est sincère. C'est un vrai sentiment. Le reste, c'est de la guimauve.

– Je suis quoi, pour toi ? Une figure de ton théâtre ?

– Libre à toi d'arrêter. La porte est ouverte.

Mais elle n'arrêtait pas. Elle ne s'en allait pas. Elle aimait cette contrainte et cette violence. Elle s'y soumettait, elle la voulait.

Elle ne pouvait pas s'en aller. Elle serra le drap dans sa main. Elle ne parvenait pas à être celle que Will voulait. Elle ne l'avait jamais été. C'était trop tard. Elle suffoquait.

16

Scénarios

Elle rêva qu'elle était retournée aux Sables-d'Olonne. (Elle y avait passé plusieurs fois les vacances, avec ses parents. On louait une petite maison qui appartenait aux voisins de palier, à Paris. Les cousins du Nord étaient venus, un été, camper non loin de là. L'année suivante, il y avait eu son frère aîné avec sa femme et son bébé.)

Donc, elle était retournée aux Sables-d'Olonne. Après avoir flâné dans les rues, elle s'était assise à une terrasse de café. Elle se trouvait là depuis un quart d'heure peut-être, quand Annick était arrivée en hâte et s'était assise près d'elle, essoufflée.

– Je suis vraiment une salope. Je ne sais pas comment j'ai osé, confiait-elle, rieuse et confuse à la fois.

S'ensuivit une longue explication. C'était

encore une histoire de type qu'elle avait dragué, sous le nez de sa femme, ou à peu près. Il s'y mêlait une question d'argent, joué et perdu au casino. L'affaire était assez incompréhensible, mais il en ressortait finalement que ce n'était pas Annick la « salope », mais Anielka.

Les événements remontaient à plusieurs années en arrière. À cette époque, Anielka avait quitté Les Sables-d'Olonne, ayant commis des indélicatesses, semé le scandale et le malheur derrière elle. On ne l'avait pas oubliée dans le pays. Elle ne perdait rien pour attendre. Elle ne l'emporterait pas en paradis. Et maintenant, son retour ayant été signalé, plusieurs personnes la recherchaient. Ces gens étaient là, disséminés, mais lesquels, au juste ? Cette femme ? Cet adolescent nommé Quentin ? Que lui voulaient-ils, que lui feraient-ils ? Quelqu'un qui était assis derrière elles leur attribua une identité ou une nationalité à la consonance étrange, qu'elle ne put retrouver au réveil, quelque chose du genre : « Ce sont les Voldaques... » ou « les Koltchènes... »

Annick n'était rien moins que rassurante :

– Tu t'es mise dans de beaux draps, opinait-elle.

C'était tout ce qu'elle trouvait à dire, au lieu

de la réconforter et de l'aider. Vraiment pas une amie.

Plus tard, elles faisaient la queue, toutes les deux, à l'entrée d'un bâtiment municipal, sans savoir ce qui les attendait à l'intérieur.

*

Le second scénario est d'un genre différent : c'est un rêve semi-dirigé, dans la somnolence du matin. Il a pour point de départ une soirée passée quelque temps plus tôt avec Will, au fin fond du XIXe arrondissement, dans des ateliers d'artistes, parmi des cours et des passages, lors de la fête inaugurale d'une exposition collective.

Ils viennent d'arriver. On entend de la musique, des buffets ont été dressés, présentant des mets exotiques, des piles de serviettes en papier, des assiettes en carton. Will connaît tout le monde là-dedans, comme toujours, comme partout. Il dit : « J'ai à parler avec X... » et il s'éloigne.

Anielka fait redéfiler plusieurs fois cette séquence. Il dit : « J'ai à parler avec X... » et il s'éloigne. Il dit : « J'ai à parler avec X... » et il s'éloigne. Demeurée seule, elle boit des verres de vieux rhum antillais, se promène, regarde les œuvres exposées : des totems, des ferrailles rouillées assemblées, des cartonnages de récupération collés-vernis, de grandes toiles déchiquetées, des miniatures sous des coins d'escalier, des mannequins revêtus d'armures composites, faites de contreplaqué et de tôle. Corps de goudron, terre et brins de laine pétris, chiffons stuqués, couleurs acryliques : elle observe (ce n'est pas nouveau, mais c'est la première fois qu'elle se le formule) que chacun de ces artistes se distingue essentiellement par une manie technique, un choix de matériau, une façon de l'utiliser avec une univocité abstruse et insistante.

À présent la voilà errante parmi les masques. Ils ont tous des masques. Elle cherche Will.

Elle finit par le retrouver en compagnie de Virgine, la rousse à rouge à lèvres qui lui a tant déplu au dîner du canal Saint-Martin. Ce prénom refabriqué, d'un snobisme besogneux, en dit long sur elle. En plus, c'est ridicule, on dirait la grosse muse énorme de la chaîne Virgin Megastore, sur les affiches.

Donc, Will est assis à côté de Virgine, sur un banc. Anielka est debout face à eux et Will la désigne en souriant :

— Anielka a un fils. Elle s'en fout complètement.

— Ah oui ?

La rousse la regarde avec curiosité, étonnée moins de ce fils dont elle est censée « se foutre » que du fait que Will lui en parle. Ses grosses lèvres tirent sur sa clope extra-longue.

Anielka proteste en mots inaudibles, muets. Cela n'arrête pas son tourmenteur :

— Elle est gentille. Je peux tout lui dire, elle aime ça. Plus je la démonte, plus elle jouit.

Virgine intervient :

— Arrête, Will, elle est prête à pleurer.

Mais il n'y a aucune compassion dans sa voix, juste un constat.

— Elle est intéressante, tu sais, insiste-t-il.

— Bon, d'accord ; eh bien tu veux qu'on l'emmène ?

Will veut bien l'emmener. Où ? Anielka ne sait pas. Ils ont l'air de le savoir, eux. Ils se lèvent et l'entraînent au premier étage de la maison, dans une grande pièce où habite quelqu'un, il y a une table, un lit, divers objets.

— Anielka, agnelle, agneau, agneau du sacrifice, égrène Will.

Plusieurs personnes font alors irruption dans la pièce. Will donne des conseils à l'éclairagiste, au cameraman. Anielka saisit à ce moment-là qu'elle entre dans la mise en scène d'un film érotique. Tout repose sur le fait qu'elle est « intéressante ». Mais intéressante en quoi, pour quoi ? Deux suites sont possibles. Peut-être Will va-t-il montrer à Virgine en quoi elle est intéressante, auquel cas celle-ci regardera la scène, donnant des avis. Ou bien à l'inverse, Anielka n'aura-t-elle qu'à prouver sa soumission en assistant ou en participant à quelque chose, en appliquant rigoureusement les ordres qu'on voudra bien lui donner.

Elle devrait réagir, draguer un des types qui sont là et se tirer avec lui. Elle ne peut pas. Qu'est-ce qui la cloue au sol ? Qu'est-ce qui l'a faite ainsi, paralysée, fragile, exposée ? Elle retombe à travers le temps vers sa peur, son problème, sa seule et unique souffrance, son humiliation première et définitive, ce qu'elle a toujours fui, esquivé. Elle n'a jamais été ailleurs que là.

17

Que s'est-il passé à Candville ?

« Le pays des musées a longtemps cru, résigné, qu'il ne plairait jamais aux touristes. »

Candville, chef-lieu d'arrondissement du Nord, 29 706 hab. (aggl. 36 512). Son canal, ses maisons de brique, ses beffrois anciens épargnés par les bombardements de 1944, enchâssés dans la géométrie fonctionnelle et froide de la Reconstruction.

Candville, ses cimetières militaires, en particulier le cimetière chinois, avec son portail en forme de pagode, où sont inhumés huit cent quarante-deux manœuvres appartenant à l'armée anglaise, amenés d'Orient pour creuser les tranchées et construire les baraquements, tués comme des mouches en 1917 et 1918.

Candville, ses industries traditionnelles – sucre, textiles – frappées d'obsolescence par ce qu'on a appelé la mutation économique. La sucrerie a été rachetée par un groupe agro-alimentaire multinational, et le « site » fermé deux ans plus tard, d'où une vaine grève, une non moins vaine occupation des locaux, et, pour finir, une efficace intervention des CRS.

Candville, sa gare mégalomane, souvenir d'une époque glorieuse, découpant sur le ciel cinq arches altières comme une porte triomphale. Non loin, dans un enclos envahi de mauvaises herbes, se dressent un hangar de fret désaffecté et l'ancienne maison de fonction du chef de gare, abandonnée, squattée, jonchée d'ordures. Fermé lui aussi, l'hôtel Continental, face à la gare, achève de conférer à ces parages l'aspect des villes fantômes de l'Ouest américain.

Au bar de l'Hôtel de France, où viennent d'installer leurs pénates plusieurs participants du festival d'automne, Will feuillette des documents provenant de l'office de tourisme.

— « Le pays des musées, répète-t-il, a longtemps cru, résigné, qu'il ne plairait jamais aux touristes. » Vous vous rendez compte ? Quelle disgrâce. Heureusement, ils s'y sont mis. « De Berck à Maubeuge, d'Amiens à Tourcoing, on est toujours à moins d'une demi-heure d'un musée... » Et allez donc ! Écomusée de la Mine. Musée de la Dentelle. Maison des produits régionaux, sucres à l'ancienne, bière locale, genièvre. Il y a une association qui milite pour rebaptiser le département. « Nord », c'est sinistre, ça décourage le visiteur. Lys-Escaut serait mieux...

Il replonge dans ses dépliants :

– Seclin a fêté l'année de l'Eau en 1997 ; ce sera l'année de l'Air en 1998, l'année de la Terre en 1999, l'année du Feu en 2000. C'est quoi, tous ces événements concoctés par des conseillers municipaux ?

– On fait ce genre de truc, nous aussi, dit Anielka. Ça se fait. On a commencé à plancher sur le millénaire. Il faut trouver quelque chose.

Will ne relève pas. Il s'adresse aux autres. C'est comme si elle n'était pas là. Il continue :

– C'est vraiment la prosternation ultime. Ils n'aspirent plus qu'à être un parc de loisirs. Et quand je dis « ils », je ne parle même pas des gens d'ici. Je parle de tous les guignols, maires, députés, conseillers généraux, présidents des chambres de commerce. On a pris aux gens le peu qu'ils avaient, leurs mines, leurs métiers à tisser, leurs raffineries de sucre. Maintenant on fricasse leurs impôts et les aumônes de Bruxelles pour faire des écomusées, dans l'espoir d'amuser les cons de touristes pendant une heure. C'est avec ça qu'il faudrait faire un spectacle ! Montrer ce qui se passe aujourd'hui dans cette ville.

*

Que s'est-il passé à Candville ?

Je ne connais pas les étapes, le détail des scènes à la suite desquelles l'homme aux yeux vairons rejeta définitivement Anielka hors de son existence. Je sais que ce fut à Candville.

Et d'abord, que lui avait fait Will, quel fut l'impact de Will sur sa représentation d'elle-même et de sa vie ? Je ne suis pas sûr de savoir répondre à cette question. Anthologie des propos de Will. « Les gens réclament le pouvoir, ils veulent qu'on leur dise qui ils sont. » « Après avoir été longtemps portés par quelque chose, ils veulent se casser, voir ce que ça donnerait. » « Ils tiennent debout avec de la conso, les heures de bureau et le psy. » « J'avais envie d'entrer dans ta vie, d'aller la visiter. Le lit a quelque chose à voir avec le confessionnal, dans le domaine de l'aveu. » « L'art est une violence, nous avons à être des tueurs. »

Ouais, ouais. Il en sait des choses, Will. Toutes ses batteries sont en place, il tient bien ses cartes en éventail dans sa main, seulement il n'a pas l'air de se rendre compte qu'il dit aussi autre chose, de façon moins concertée. On est

192

doublé par les mots, et plus encore, peut-être, quand on veut à tout prix contrôler le discours. Ainsi, je continue l'anthologie, et je localise un continuel reproche qu'il adresse à la faible Anielka, la faible agnelle : un reproche d'infidélité. Elle a trahi son père ; elle ment à François ; elle se fout de son fils. Je me suis préoccupé de ce que cela dit sur elle, mais sur lui ? L'insistance avec laquelle il la fait parler de son enfant, ce reproche, en somme, d'être une mauvaise mère, qu'est-ce que cela peut bien recouvrir ?

Je ne l'ai jamais su. Mais pour que Will à l'enfance inconnue, soigneusement voilée (HLM de Romainville ? Ouest parisien privilégié ? ce point n'a jamais été élucidé), passât ainsi à l'attaque, il fallait bien qu'il y eût de la faiblesse. Il prenait les devants.

Que s'est-il passé à Candville ? Pour lui, beaucoup de travail, l'accueil et l'installation des artistes, la vérification des locaux, la mise au point de mille et un détails, mille et un cafés bus dans les bistros de la grand-place. Will était le grand architecte d'une manifestation intitulée « Le 19-20 de la poésie ». Tous les soirs à dix-neuf heures, pendant cinq jours, un artiste ou une troupe proposait une « mise en spectacle » de poèmes. Il avait invité, entre autres, le jeune Maghrébin qui récitait « Je ne songeais pas à

Rose », et parvenait aussi à faire crouler de rire l'assistance avec Musset, « ce pauvre enfant vêtu de noir qui me ressemblait comme un frère ». Le 19-20 de la poésie marchait assez bien grâce à la présence des scolaires, notamment les élèves du lycée technique agricole, rabattus par leurs professeurs.

Bref, Will était là pour travailler ; la situation lui offrait tous les prétextes, justifiés ou non, pour ne pas se préoccuper d'elle. Avant même le départ, Anielka savait qu'elle n'aurait pas dû venir. Pour le reste, le fait dominant fut, si j'ai bien compris, l'obsédante et hostile présence de la chorégraphe Virgine. Ils l'avaient retrouvée dans le train, puis, bien qu'elle n'y logeât pas, au bar de l'Hôtel de France. Anielka ne parvenait pas, ne parvint jamais à rien savoir des rapports existant entre Will et cette fille, qu'elle détestait cordialement, ça au moins c'était sûr, avec ses airs de grosse lesbiche prétentieuse prête à se taper à la cravache les petites danseuses graciles de sa « compagnie », car son machin s'appelait une « compagnie ». Couchait-elle avec Will ? Anielka ne le croyait pas. « Elle était pour lui un miroir ; je ne sais pas ce qu'il y voyait. Il était magnétisé par cette fille. Je crois aussi que j'ai représenté quelque chose entre eux. Un défi, peut-être. Ce n'est pas par hasard qu'il m'a présentée à elle. Je crois que c'est elle qui a voulu m'écarter. » Peut-être Virgine lui fit-elle une scène, « pourquoi l'as-tu amenée ici, etc. », et conclurent-ils un pacte aux termes duquel Anielka devait se voir ostensiblement reléguée ?

Elle n'aurait pas dû venir. C'était une erreur à tout point de vue que de s'accrocher ainsi, de l'obséder. Elle était inutile et déplacée, réduite à demander à un Will distrait s'ils se retrouveraient pour déjeuner ou dîner, à quelle heure, à quel endroit : « Je ne sais pas, je crois qu'il y a un repas officiel offert par la municipalité... » Où qu'elle se trouvât, il lui semblait être la cible de regards perplexes : qu'est-ce qu'elle fait là ? C'est qui ?

Il ne lui resta plus qu'à errer dans Candville, à entrer à la Maison de la Presse, à s'acheter *L'Obs* et un roman nouvellement paru. Elle visita le musée des Beaux-Arts. On y voyait une reconstitution de la ville romaine en maquette, un énorme carrosse de procession du XVIIIe siècle ayant appartenu au chapitre des religieuses de Fontevraud dont l'ordre avait eu un couvent dans la région ; des toiles du XVIIe et du XVIIIe siècle, « école d'Untel », « atelier d'Untel », « anonyme ». Deux Vigée-Lebrun, quatre Trouillebert, et un étage entier consacré aux contemporains, d'illustres inconnus appuyés par le FRAC.

Elle sortit, retourna vers la grand-place, s'assit dans un café. Des comédiens costumés en magiciens et en sorcières envahirent soudain l'endroit; durant tout le samedi après-midi, ils « intervenaient » (terme technique) dans les magasins et auprès des passants, poussant des cris, contrefaisant les démarches. L'un d'eux, chapeau pointu cabossé, grande robe, balai attaché entre les jambes, se précipita vers sa table et s'arrêta net :

– Oh mais c'est qu'elle n'a pas l'air d'aller très fort, la petite dame...

Il se pencha très près, la regarda bien en face. Elle l'avait déjà vu dans le train, elle le reconnut sous le maquillage blafard, les joues traversées du prolongement peint de lèvres violettes qui faisaient paraître les dents jaune-vert. Il y avait un regard plein de douceur dans les trous de ce masque grotesque; mais cette douceur lui fit mal.

Elle paya, s'en alla, s'enferma plusieurs heures à l'Hôtel de France. L'armoire à glace faisait face au lit. Il y avait une spacieuse salle de bains carrelée. Les radiateurs et la plomberie étaient dans le style des années vingt. Elle feuilleta *L'Obs* et le roman qu'elle avait acheté, un roman féminin qui traitait de cuisine et de sexualité.

La soirée du samedi la réconforta quelque peu : ils dînèrent à douze, Virgine à l'autre bout de la table. Ils rentrèrent à l'hôtel. Will trouvait la chambre évocatrice : « C'est ici que la sous-préfète commettait l'adultère avec le capitaine des pompiers. » Derrière les voiles des deux portes-fenêtres, encadrées de rideaux rouges, brillait l'enseigne verte de l'hôtel, accrochée au balcon. Elle prit conscience qu'il était impossible d'être là avec Will. La situation était absurde, intolérable, sans objet. Il aurait dû être seul, ou coucher avec quelqu'un d'autre. C'était évident. Elle pensa quitter la chambre. Il s'endormait déjà. Elle demeura dans la pénombre, fuma des cigarettes. Elle finit par prendre un somnifère et ne l'entendit pas se lever.

Le dimanche matin, elle se promena dans les rues de Candville. On tentait à présent d'atténuer l'inélégance des reconstructions d'après-guerre avec des bacs à fleurs, des pavements soigneux, des réverbères au « design » original. Seule ou presque, l'église subsistait de l'ancienne ville détruite. Elle s'approcha. C'était la fin de la grand-messe. Les fidèles – surtout les femmes – bavardaient au fond de l'édifice et sur le parvis, avant de passer à la pâtisserie, de rentrer pour le déjeuner. Au café d'à côté, Le Longchamp, les hommes jouaient au PMU, au Black Jack, au Bingo, au Morpion, et autres innombrables machins à gratter, suspendus en guirlandes derrière le comptoir.

Quoi d'autre organisait, rythmait la vie, lui donnait sa couleur ? La télévision, sans doute. Tout autour de la ville, les enseignes aperçues du train, Bricomarché, Jardiland, Décathlon, McDonald's, Auchan, Buffalo Grill, Castorama, Conforama, Atlas, les concessionnaires auto, le matériel agricole John Deere, alternaient avec des zones pavillonnaires : petites maisons ocre dont chacune recombinait différemment les mêmes éléments architecturaux.

Tout lui parut subitement morne, plat, décourageant, à pleurer. Toutes les idées de Will, les créations des uns et des autres, tombaient ici comme des vagues devant une réalité affaissée, inévitable. Paris ou d'autres grandes villes européennes sont de hautes concentrations d'imaginaire. L'esprit s'y émoustille de prestige, d'histoire, de mœurs voyantes, d'effets de pouvoir et de grandeur. Ici, non. Ici, il n'y a que la réalité, il y a de petits panneaux qui indiquent « La Poste », « Trésorerie principale », « Salle polyvalente Jean-Monnet »,

« Collège Saint-Exupéry », « Musée des Beaux-Arts ». Voilà. Il n'y a rien à ajouter. On ne décolle pas. Il faut venir ici pour constater combien l'idée de changer quoi que ce soit est vaine. Dans cette ville forgée successivement par le capitalisme du XIXe siècle, les deux guerres, la récession économique et les thérapeutiques d'aujourd'hui – bacs à fleurs, ravalement de façades et animation culturelle –, la civilisation moderne révèle sa réalité basique et désolante. Et cela tient. Cela fonctionne tout de même. Les gens vivent, se marient, mangent, sont malades, meurent, allument la télé à dix-neuf heures, se rendent à Auchan et à Castorama, boivent au comptoir du Longchamp. « Un pouvoir qui leur dise qui ils sont. » En un sens on le leur disait. On leur disait qu'ils n'étaient rien, sinon des populations à « gérer ». Il n'y avait pas à se demander qui leur fournirait un nouveau miroir, comment, quand, pourquoi et lequel. Le travail était déjà fait, la simple réalité, l'état de choses, établissait qu'il n'y avait rien d'autre à faire.

Et ils le savaient bien, avec leurs grands airs, Will et Virgine et tous les autres. Will pouvait ricaner devant l'« année de l'Air », la promotion touristique, les écomusées miniers. Sa présence, son 19-20 de la poésie, leur présence à tous, était-elle autre chose qu'un des points d'application de la même politique ? Un Will croyait introduire une dissonance dans le système : il n'en était qu'un ingrédient annexe, facultatif.

Elle commence à les trouver tous minables et crétins. De faux artistes, des gens qui ont endossé cette défroque, qui s'intronisent entre eux, qui s'estiment des « créateurs », qui en ont persuadé quelques élus en peau de lapin, dont ils disent du mal tout en ramassant l'argent comme s'il leur était dû. Ce ne sont pas des créateurs, ce sont des parasites. Elle les trouve déplaisants, suffisants, prétentieux. Pas même capables de faire un spectacle populaire. Sauf le petit Beur, tiens. « Ce pauvre enfant vêtu de noir, qui me ressemblait comme un frère. » De temps en temps, cela arrive, on en trouve un vrai. Pour le reste, les salles sont à moitié vides, et ils épiloguent sur la difficulté de « faire bouger les choses », ils se plaignent de la télé, ils se rengorgent de leur impuissance, de leur stérilité, de leur confinement. Cette grosse conne de Virgine avec sa chorégraphie de merde et ses airs profonds, qu'est-ce qu'elle vaut en regard du sculpteur sans génie, mais connaissant son métier, qui réalisa en 1896 le Neptune du jardin public de Candville ? De l'architecte qui dessina la nouvelle mairie en 1946, avec sa colonnade lourdingue et ses bas-reliefs genre Bourdelle ?

200

Bon, et puis on se raconte ce qu'on veut, cela fait longtemps qu'elle sait à quoi s'en tenir : elle mange au même râtelier. Elle est des leurs. Elle est des leurs et elle ne peut plus leur parler, ils sont au-delà d'une vitre, ils lui font peur, et Will est avec eux, il lui tourne le dos. Cela ne vaut plus la peine de rien juger, de rien penser, dès lors qu'on ne pense et juge que d'après son malheur intime.

La désolation de Candville refluait sur elle et l'envahissait. Elle en faisait partie, elle en était imprégnée. Elle était dans cet abandon, cette réalité aplatie, sans ressort, sans élan. Il faut bien se convaincre de cette vérité, que le réel est une chose sinistre, que seuls nos croyances, nos désirs ou nos illusions parviennent à irradier de poésie.

Will tournait le dos, s'éloignait, emportant avec lui ses théories, sa mythomanie, le mystère de Virgine, ses affairements de revue, de production théâtrale, ses coups de fil et ses rendez-vous, tous ces accessoires qui étaient sa vie, à quoi il s'identifiait. J'imagine cela, je les vois, elle et lui, séparés, sur la toile de fond de Candville, et je me dis que ce mec-là, ce type comme un autre, en somme, un parmi des centaines, et je pourrais être moins aimable parce que si on voulait le démolir, Will, ça ne serait pas bien compliqué – eh bien, ce type-là a été unique pour Anielka, il a été une rencontre, un désir, une passion, une souffrance, et vraiment, à cela, on ne comprend rien, on se demande, ça paraît absurde. Pourtant c'est comme ça : toute sa vie était désormais placée sous le signe du doute; mise en examen.

En même temps elle se dégoûtait de lui. Elle ne pouvait s'arracher à lui, mais elle s'en dégoûtait. Will devenait sous ses yeux inconsistant, agité, léger, vain, méchant, comme si les diableries de la Flandre l'eussent mué en sale petit ange.

« J'étais humiliée de tout ce par quoi il m'avait fait passer. J'avais été sa proie consentante et j'étais encore là derrière lui, à Candville. Je ne comprenais rien. Je ne trouvais plus aucun langage commun avec eux. J'étais renvoyée à une scène intérieure, à une configuration psychologique dont les composantes m'étaient inconnues, et que j'appliquais sans pouvoir me dire que la réalité, les autres, n'avait rien à voir avec ça... »

Le dimanche soir, après qu'elle eut assisté avec lui au « 19-20 », Will daigna l'informer qu'ils se retrouveraient une heure plus tard à La Mise en scène.

– C'est où ?

– Tu n'auras qu'à y aller avec eux, dit-il, désignant d'un geste vague un groupe dans lequel, par bonheur, elle retrouva sa sorcière de la veille, le comédien du train. Ils parlèrent, il était vraiment gentil, et triste lui aussi, quitté par un amant la semaine précédente. « Je vais me consoler en m'envoyant des mecs, mais ça mène à quoi ? »

Il était dix heures à peu près lorsqu'elle arriva avec lui à La Mise en scène. C'était une sorte de dancing-bar-restaurant-night-club installé dans des bâtiments industriels désaffectés, sur la route de Béthune. Will se pointa à onze heures, avec Virgine. Leur entrée fut remarquée. Il avait gardé ses lunettes à verres fumés. La chorégraphe était en pantalon moulant lamé, avec une veste en fourrure par-dessus une chemise ouverte très bas sur sa poitrine disproportionnée ; on voyait les dentelles d'un soutien-gorge noir.

Anielka était alors assise à un tabouret du comptoir. Sans la voir, le couple prit place à une table avec d'autres. Will entra en conversation avec deux filles, apparemment des lycéennes.

Qu'allait-elle faire ? Se présenter à la table, c'était courir le risque de rester debout sans que personne se dérangeât pour lui offrir une place. Elle aurait tout aussi bien pu aller vider sa demi-pinte de bière dans les gros nibards de la Virgine.

Elle n'en fit rien. Elle but sa bière. Puis une autre.

Son ami le comédien dansait avec un homme, plus petit, cheveux blancs, une boucle à l'oreille. Un type rose et blond engagea la conversation avec elle. Il avait l'accent du pays.

« Et je suis à Candville, dans une boîte de merde, à me faire draguer par un inconnu qui pue la bière. »

Elle en but une troisième. Puis elle sentit des sueurs froides, demanda s'il y avait à manger. Elle obtint un croque-monsieur, dont l'odeur ignoble lui valut des coups d'œil intrigués et vaguement réprobateurs de la part des consommateurs voisins.

Vers minuit et demi elle quitta les lieux et rentra toute seule, à pied, sous une pluie fine et tenace, jusqu'à l'Hôtel de France, au centre-ville, à plus d'un kilomètre de là. Will ne vint pas dormir.

À huit heures, le matin, elle descendit, prit un café et partit pour la gare. Le soir, à Paris, elle appela François pour lui dire que c'était fini, qu'il ne la reverrait pas. Il n'était pas chez lui. Elle le dit à son répondeur.

DEUXIÈME PARTIE

Novembre-avril

18

Installation de l'hiver

Novembre, décembre vinrent occuper la capitale avec leur barbarie accoutumée et totalitaire. C'est la saison où l'on ne voit plus la lumière; à peine un jour sale et plombé; le soleil, n'en parlons même pas : souvenir d'une vie antérieure, d'avant le tunnel, d'avant la cave. On est là-dedans à survivre et c'est comme si les os allaient vous pourrir dans le corps.

Pour comprendre la réalité de l'hiver, il fallait voir le parvis de la Défense au moment de la sortie des bureaux; on ne savait ce qui était le plus horrible, du béton ou des lumières, des cafeterias ou des sous-sols. Cela ne donnait plus le choix qu'entre le suicide et la galopade, la dégringolade et la centrifugeuse.

La grande majorité optait pour la centrifugeuse. On espérait tout de même, on tentait de regagner Paris par n'importe quel moyen. Mais les Champs-Élysées avec leurs guirlandes, leur toc, leur esbroufe, des bougies hautes de trois mètres, une voiture de sport enrubannée, étaient à peu près aussi encourageants que des variétés télévisées envahies de trucs à gagner, de couleurs écœurantes, de sourires commerciaux.

Sur les boulevards flamboyants eux aussi, macadam luisant, feux des voitures, on poussait des chiourmes de gosses devant les vitrines des grands magasins. Les châtaignes brûlaient les doigts, les clochettes des salutistes faisaient penser à du Hector Malot. Au-dedans, on défaillait de chaleur sur les escalators. Au cœur de Paris, rue de la Monnaie, le long de la Samaritaine, un pauvre vieux s'était étalé dans la soupe brune répandue sur le trottoir, composée de saleté et de neige fondue. Et un col du fémur, un! Non loin, des manifestants vociféraient quelque chose, bloquant le trafic au débouché du Pont-Neuf. Cela gueulait et klaxonnait, se haïssait dur de bagnole à banderole.

Il fallait se faire à l'idée que très loin, dans les banlieues, dans les provinces, dans les campagnes vides, on avait collé des père Noël et des guirlandes jusque sur les vitres des hôpitaux, des foyers du troisième âge et, qui sait, des parloirs de prison.

L'avenir tombait dans sept cent trente-deux

jours, l'euro dans un an. Les affiches et les kiosques proféraient les injonctions les plus pressantes. Il fallait : perdre plusieurs kilos avant les fêtes ; s'offrir les Caraïbes ; inventer des recettes-surprises ; budgéter ses cadeaux ; accéder au multimédia ; retrouver un emploi après quarante-cinq ans ; ranimer le désir sexuel (« douze trucs pour – »). En un mot, on n'était pas là pour rigoler.

Les actions BHV, Carrefour, Promodès grésillaient au règlement mensuel. La chaîne de distribution Mégatoy avait fixé l'objectif à + 12 % par rapport au Noël précédent. Il fallait forcer, bourrer, saturer, compacter, tout, les jouets, le pognon, la bouffe, les bagnoles aux parkings, allez envoie, envoie-la ta purée ! Et puis donner aux pauvres, aux pauvres insistants, aux pauvres anxiogènes.

Dans une rame entre Strasbourg-Saint-Denis et Château-d'Eau, une malheureuse, une horrible malheureuse, chantait *Milord* d'une voix aiguë, insupportable, et qu'on le voulût ou non, ça se mettait à japper dans les petites cellules, entre cœur et côtes, l'amour, le désir, ça mordait, mordait à la rage. Pendant ce temps combien de milliers descendaient-ils dans les couloirs de métro de la psy, à poil, sans pudeur, K-O debout, chercher les correspondances, et

qui donc avait enlevé les pancartes et les flé-
chages lumineux ? Ça mordait, mordait. Chacun, soi-même, l'obstacle à tout.

Sur le trottoir du boulevard de Magenta, des
passants regardaient un type épais, gueule
sévère, cheveux gris-blanc, *Les Échos* sortant de
la poche, un grand sac de kraft à la main plein
de paquets-cadeaux, un autre sac identique posé
sur le trottoir, clamer dans son Motorola, dieu
sait à quelle adresse, qu'il ne pouvait plus se
supporter, qu'il en avait marre d'être celui-là,
que ce n'était « jamais lui, toujours un autre »
(on ne comprit pas bien à quoi il faisait allusion); mais que cette fois il allait se casser, se
défaire, se foutre en morceaux, en morceaux !
« Comme un chien d'Égypte ! » précisait-il.
Comme un chien d'Égypte : il devait mélanger
plusieurs trucs, des réminiscences, Osiris
dépecé, et il y a bien un dieu à tête de chien, on
ne sait plus lequel. Il disait donc qu'il allait se
casser, et qu'ensuite il renaîtrait. Il renaîtrait. Il
ressusciterait. Qu'on le reconnaîtrait et qu'en
même temps on ne le reconnaîtrait pas. « Je
vous le jure, ça je vous le jure. » Bon, soit, on
voulait bien le croire, mais on ne voyait pas très
bien comment il allait s'y prendre, comment il
pouvait espérer accomplir seul une telle méta-

morphose. C'était impossible, impensable; il rêvait.

Plus probablement il allait refourrer son biniou dans sa poche, récupérer le gros sac qui s'abîmait dans la neige fondue, et se remettre en marche comme tout le monde. Parce que, après tout, les cadeaux, les kilos en moins, les pauvres, les Caraïbes, tout le bordel, eh bien cela faisait tout de même des miroirs dans lesquels on se voyait, cela valait mieux que pas de miroirs du tout, et à la fin, à la fin de tout, une fois tout bu, tout mangé, tout bien avalé encore un coup, il y aurait un lit carré dans le noir, et là on s'abattrait, on se lâcherait complètement, on laisserait tout tomber, on flotterait dans un vague grandissant, on ne verrait plus rien, on n'entendrait plus rien, on éprouverait sa présence encore, en sourdine, en chaleur, sa présence, de plus en plus douce et vague, decrescendo, decrescendo, et au bout d'un moment on dormirait, on dormirait, Seigneur; assez longtemps.

*

Annick-Aurore avait fini par prendre une semaine de congé maladie, le temps que cette histoire de factures se règle sans elle, et dans l'espoir que Mister Tribunes et podiums se lasserait. « Non, mais c'est pas imaginable, devait-

211

elle confesser plus tard, comment j'ai dragué ce type, j'avais discrètement défait un bouton de ma jupe pour qu'il voie mieux mes jambes, et puis les allusions, enfin je lui ai foutu la trique et sur le moment j'en avais envie, tu vois, c'est bien ça le pire... Et puis bon, tu y repenses le lendemain et c'est l'horreur, ce genre de mec, avec sa corne en argent, sa gourmette, tu imagines déjà le genre qui cogne pour baiser, ou qui te ligote, te pisse dessus, enfin je sais pas... Et bon, des trucs comme ça j'ai pu en faire souvent (elle disait : « j'ai pu en faire souvent » de façon à laisser entendre, mais sans l'avouer tout à fait : « j'en ai fait souvent »). J'ai pu le faire souvent, pas toujours aussi physique, d'ailleurs, je me rappelle une fois ça a été hyper-romantique... Et puis bon, je déconne, je leur raconte des trucs, enfin ça c'est autre chose encore... Mais c'est comme s'il y en avait une autre en moi, et ça, c'est atroce. »

J'aimais décidément bien les mésaventures d'Annick ; et même, plus je l'ai connue, plus je l'ai trouvée intéressante et attachante. Elle se jugeait « un peu jetée », voire « complètement conne » ; je n'en étais pas si sûr. Elle était vivante, et d'une. Et de deux, elle n'essayait pas de donner le change, elle pouvait à la fois « péter de trouille » ou de honte à cause des intrigues absurdes qu'elle déclenchait, et en parler avec une espèce de drôlerie; dans le même temps, elle avalait des somnifères pour dormir, Annick-Aurore. Et pourquoi se faisait-elle appeler Aurore? Non, décidément, je n'avais pas envie de la juger autrement que charmante, Annick-Aurore, pour cette manière de s'avouer telle qu'elle était. Après tout, si je devais dire, moi, ce que sont certains épisodes et certains moments de ma vie, ce ne serait pas aussi volontiers, avec tant de simplicité, d'humilité, d'humour. Moi aussi, comme elle, je voulais être un autre, toujours un autre; et l'autre en moi n'était pas toujours celui que j'aurais espéré; je me heurtais à mes contours comme un bourdon aux parois d'une carafe.

En somme je les aimais bien, tous les trois (je mets Will de côté, on sait pourquoi, inutile d'y revenir), et moi je ne demandais plus rien. Je m'abandonnais. Je m'envoyais sur les roses. Je préférais n'importe quoi, n'importe qui à moi. Et en renonçant à me préoccuper de moi, je parvenais à m'intéresser à eux. C'est ainsi que j'avais été amené, sans savoir pourquoi, à cette idée qu'ils me sauvaient. Idée bizarre. Idée nouvelle.

Au fait, est-ce seulement par prudence qu'Annick s'absenta une semaine? C'est ce qu'elle laissa entendre, Anielka lui semblant être quelqu'un à qui on peut confier un secret. Mais plus tard, elle devait avouer davantage. Toujours est-il que plusieurs jours encore après avoir repris le travail, elle ne sortait pas du métro, ni ne repartait le soir, sans jeter des coups d'œil partout à l'entour, prête à fuir à toutes jambes.

L'humide hiver rendait glissant le pavement de la place, devant l'énorme masse d'architecture utopique de la mairie, un chef-d'œuvre, en son genre, du style communiste des années trente. De froids courants d'air fouettaient le vide, sporadiques, chargés de virus et d'oxyde de carbone, dans cet espace aménagé avec soin où les poubelles s'appelaient « Propreté de ma ville », où des panneaux spéciaux, sur le passage réservé aux voitures, incitaient à « partager la rue en harmonie », où une banderole verticale, appendue à la façade du bâtiment, indiquait des dates de concerts, d'expositions, de spectacles et de journées portes ouvertes.

Laissant Annick à ses terreurs, un démon Asmodée survolant les maisons et les rues aurait pu localiser, plus au sud, à l'intérieur du périph et des maréchaux, Anielka marchant sur le pont de l'Europe, un sac pendu à l'épaule, en manteau couleur tabac tenu par une ceinture nouée, du pas des sans-domicile fixe. Où va-t-elle ? On ne sait. Asmodée poursuit son vol noir et c'est à présent moi qu'il repère, au volant de ma voiture vert foncé, au milieu de mes allées et venues, comme il a repéré hier l'inconnu du boulevard de Magenta qui ressemble à François. Et à ce moment-là, nous étions tous séparés, ignorants les uns des autres, Anielka dans l'abandon de Will, Annick-Aurore dans sa mairie, moi dans ma voiture vert sombre, et aussi l'homme du boulevard de Magenta avec son Motorola et ses gros sacs de kraft. Nous étions perdus dans cette nuit, dans cet hiver, dans cette dégringolade du changement d'heure, ne sachant pas que nous avions quelque chose à voir les uns avec les autres, ne soupçonnant pas quelles ressemblances et quelles complicités pouvaient être les nôtres. Nous existions séparés, tant bien que mal, chacun de son côté, nous survivions dans cette ombre investie par le bruit des radios, les affiches, les haut-parleurs de toutes sortes, qui ne réunissent personne, quoi qu'ils prétendent ; qui préfèrent peut-être notre solitude pour mieux nous envahir et nous modeler au-dedans.

19

« Toutes les mutations créent
leurs turbulences »

Début décembre. Vingt et une heures trente, vingt-deux heures. L'appartement de François, avenue Trudaine, cinquième étage. Une lampe posée à même la moquette éclaire doucement le séjour. Affalé sur les grands carrés de cuir de son canapé en angle, François s'empare pour la troisième fois de la bouteille de whisky, près de laquelle un ouvrage consacré à Tiepolo sert de *coffee table book*.

À des signes infimes, des inflexions, peut-être des ondes – désignation imprécise d'un mode de communication qui a bien l'air d'exister –, François s'était vu, depuis la fin des vacances d'août, sur le point d'être abandonné. Son premier réflexe fut d'incrédulité, en raison de la confiance placée en elle depuis longtemps; confiance qui n'était rien d'autre, il allait s'en convaincre méthodiquement, cruellement, qu'une assurance de propriétaire.

Elle retournait plus souvent dormir chez elle. Elle fit allusion à des gens, à des conversations rapportables, certes, à ses fréquentations professionnelles, mais de façon brumeuse, et il fallait assurément que celles-ci se fussent multipliées, alors même qu'elle s'était toujours refusée, selon sa propre expression, à « se laisser bouffer » par son travail. Sa manière d'acquiescer au désir physique changeait aussi ; l'artifice obviait au malaise, la complaisance masquait mal la distance. Il y prit quelquefois un agrément mélancolique, soupçonnant, dans un peu plus d'astuce, davantage de froideur.

À présent c'était fait : Anielka l'avait « quitté pour un autre », cet autre dont il avait senti depuis plusieurs semaines, entre eux, l'ombre portée. Anielka l'avait quitté, Anielka était « heureuse avec un autre ».

Quand le but est de se faire souffrir, l'imagination cherche la ligne droite, le plus court chemin. Le plus court chemin, en l'occurrence, c'était un autre homme, que François parait aussitôt de toutes les vertus et de toutes les séductions dont il s'estimait du même coup dépourvu.

Votre vie exige de vous une perpétuelle remise en question. Pouvez-vous en demander autant à votre portable ? Telle était la grave question que posait, ouvert à la page 27, sur la table, à côté du Tiepolo, le quotidien qu'il recevait chaque soir à son bureau, livré par un coursier. François avait feuilleté le journal ce soir-là, ce soir-là encore, histoire de se cramponner à la rampe. Par nécessité professionnelle, il s'attardait aux pages consacrées à la finance, à l'économie, aux entreprises et à l'emploi, entrelardées d'annonces. Une fois de plus, ses yeux avaient survolé des énoncés tels que ceux-ci :

Toutes les mutations créent leurs turbulences. Le passage à l'euro ébranle toutes les certitudes, ici comme ailleurs. Pour franchir ce cap il faut s'adapter et anticiper.

Une entreprise hi-speed a besoin de collaborateurs hi-speed. Réactivité sans faille, exigence permanente de créativité, impératifs de productivité accrus : nous mettons toutes vos qualités à contribution.

Une publicité en couleurs, sur une page entière, se composait du portrait d'un type, calvitie naissante, lunettes et cravate, et du texte suivant :

Martin Mélier, 38 ans. Profession : optimiseur de flux. Sa mission : vous permettre d'améliorer l'activité de votre entreprise en optimisant ses flux logistiques; estimer l'impact des événements imprévus et des nouvelles contraintes en les simulant. ARM Global Services : Des gens qui pensent. Des gens qui agissent.

Martin Mélier existait-il vraiment, ou bien avait-on utilisé un figurant, forgé un nom ? Il était bien possible que ce fût un employé réel, *ils* en étaient capables.

Une fois de plus il s'était dit qu'il ne pouvait plus supporter ce langage, « toutes vos qualités à contribution » et autres « réactivité sans faille », langage évidemment ridicule, mais effrayant tout de même par son arrogance, son omniprésence, la soumission muette qu'il rencontrait partout. Personne ne se rebellait et, ce qui était peut-être pire, personne ne riait.

Tout cela avait passé – mais en arrière-plan, comme tout ce que l'on sait déjà et que l'on se répète –, le temps de rejeter le journal ouvert sur la table, dans sa conscience lasse.

Donc François se bourre au whisky, et il se déprécie, se méprise, se hait en même temps qu'il se plaint, et se trouve un pauvre mec, vraiment le dernier des derniers, dans son appartement « résidentiel », par-delà le digicode, l'interphone, la serrure multipoint, la grille à télécommande du parc souterrain au fond duquel, derrière des portes sans poignées, l'attend une Audi 800 sous alarme, climatisation, système ABS, airbags latéraux, ordinateur de bord. Pitoyable. Le relevé bancaire trouvé dans le courrier du jour indique un crédit de 208 556,18 francs (31 792,1 euros), abstraction faite de ses Sicav et de ses stock-options. Et voilà, au milieu de toute cette sécurité confortable et rassise, il y a un gros type avachi qui se termine au J & B, se prend une biture, se camphre délibérément, sur son canapé, au milieu de ses Pléiade et de ses éditions anciennes, de ses CD de musique classique, de ses tableaux, de ses meubles Louis XVI, de ses idées sur l'entreprise, la vie politique, la construction européenne, *Le Livre noir du communisme*, ah, imbécile, toutes ces représentations dont il s'est fait depuis des années un fauteuil, et qui ne tenaient debout, il s'en aperçoit à présent, que parce qu'il y avait Anielka pour les cautionner, sinon toujours les approuver ; Anielka, son regard, son sourire, son désir ou ce qui en paraissait les signes... Elle avait été sa justification : j'ai raison, puisqu'elle m'aime, d'être ce que je suis. Elle aimait qu'il lût des poèmes, elle aimait la petite maison de Batz et le Zodiac. Elle sentait si bien en lui la mélancolie, la lassitude, le dégoût croissant du monde où il vivait, stoïquement contenus.

Et voilà qu'elle le lâchait au moment où plus que jamais il avait besoin d'elle.

Mais ce reproche, aussitôt conçu, lui paraissait une offense, une injustice, la volonté tyrannique, sous le masque de l'amour, d'asservir. Inadmissible. Il ne suffisait donc pas qu'elle eût été, quelques années plus tôt, une merveilleuse surprise dans sa vie : ce qu'elle lui avait donné, elle devait donc à présent le payer par des obligations supplémentaires ? C'était accablant, abusif, absurde; mais pathétiquement vrai. Et c'est pourquoi François, en même temps qu'il s'apitoie sur lui-même, se dégoûte, se trouve lamentable.

La vérité, c'est qu'il a vécu dans le contentement ignoble de disposer d'elle, paternel et flatté parce qu'elle était plus jeune que les rombières des collègues; et d'autre part, qu'il ne l'a eue et gardée que par sa faiblesse, parce qu'elle était seule avec un enfant et désorientée. François ne sait pas tout, il a toujours évité (lâchement évité, préciserait-il) certaines questions, mais cela, il le sait. Sans la protection qu'il lui offrait, elle n'eût pas... elle n'eût pas quoi ? Fallait-il la supposer consentant à un arrangement ? Anielka était quelqu'un de sincère. Mais la sincérité. Qu'est-ce que cela veut dire, la sincérité. Il n'y a pas de sincérité. On calcule, on trompe et on se trompe, en se payant le luxe de ne pas s'en apercevoir. Il n'avait été pour elle qu'un refuge, voilà, tandis que *l'autre*, évidemment, l'autre l'avait prise par le désir.

Martin Mélier, 38 ans, optimiseur de flux. Pourquoi l'image, la représentation, l'existence supposée de ce type demeure-t-elle en surimpression dans sa conscience, comme une ironie, une punition et un miroir ? Et qu'est-ce qui relie cette persistance à une autre – l'idée qu'elle le laisse tomber alors qu'il a plus que jamais besoin d'elle ? Il se souvient d'une remarque faite quelques mois plus tôt, et qui l'avait laissé sans voix : « Si vraiment le socialisme est une catastrophe, cela veut dire que nous sommes prisonniers du système libéral, toi comme les autres, et il n'y a pas de quoi pavoiser parce qu'on est prisonnier. » Anielka, son attention, son opposition quand il le fallait, douce et ferme, et réconfortante...

Cinquante personnes. Cinquante dossiers, et une vérité qui se dévoile, toujours éludée, même lorsqu'elle empruntait pour lui parvenir les paroles prudentes d'Anielka. C'est banal jusqu'au stéréotype, mais la réalité donne aussi dans le stéréotype, elle n'est pas toujours originale. Cinquante salariés de l'encadrement, qu'il connaît un par un ; à qui, depuis six ou sept ans, il n'a cessé de demander de continuels efforts d'adaptation ; cinquante personnes sur lesquelles, le plus doucement possible, certes, il a, semaine après semaine, appliqué des méthodes fiables, exposées dans des traités, d'encouragement et de désécurisation combinés, grâce auxquelles, en effet, on obtient d'un salarié le maximum. Dans ce but il a adopté auprès d'eux le rôle de conseiller, de « partenaire », il a gagné leur confiance sans effacer la menace. La carotte et le bâton, en langage moderne, cela s'appelle stress-control et motivation positive. Pendant toutes ces années il a manipulé en sachant qu'il manipulait, triché en toute lucidité. Des Martin Mélier, il en connaît treize à la douzaine, tous réactifs sans faille, tous top-motivés, hyper-optimisés. C'est peu dire qu'il les connaît : il les fabrique. Et maintenant, la porte, pardon : l'out-placement.

Bon : si ce n'est pas lui, un autre le fera. Il n'en est pas moins placé devant une contradiction – le mot est faible – décelée par Anielka voilà déjà longtemps. Depuis des années, François s'obstine à justifier un état de fait qui le heurte et le violente de plus en plus ; depuis des années il prône et impose un système dont il est lui aussi, de façon de moins en moins dissimulable, la victime – avec pour seul privilège d'avoir encore le choix entre se soumettre et se démettre. Ce n'est pas tout d'avoir des idées : il faut vivre avec elles. Il voit apparaître aujourd'hui un nouveau visage de ce qu'il a toujours défendu. Il a trop donné de lui-même, il est dans la situation d'un prêtre qui perdrait la foi après vingt ans de sacerdoce, d'un écrivain s'avisant au bout de vingt livres que la littérature est une foutaise ; d'une « bonne mère et bonne épouse » découvrant à cinquante ans qu'elle n'avait pas envie d'être cela. Comment se déjuger ? On a trop fait corps avec ce dont on se déprend ; on y laisse la moitié de sa peau.

Anielka l'avait compris avant lui. Elle avait vu François perdre au fil des mois cette assurance, à la limite du dédain, qui avait autrefois provoqué entre eux des controverses. François ne triomphait plus.

Le triomphe. Ça se voit chez les gens, ça se voit. Alors ils sont tout à eux-mêmes. Et devant témoins de préférence, parce que sans témoins, n'est-ce pas. Il faut les voir à l'entrée des théâtres. C'est là qu'il faut les voir. Ou bien au restaurant. Il faut les voir, ostensiblement sereins, bien campés, confortables, au volant de leur voiture, ou bien au marché du samedi matin, détendus et l'âme en repos, quand l'œil perd sa vigilance et l'homme marche, les yeux fermés, vers des trous.

Et maintenant tout le déserte, tout l'abandonne. Et c'est à lui, à lui seul qu'il en impute la responsabilité. Il se tire dedans. Il réinterprète tout à son détriment. L'abandon amoureux et la désillusion morale ne se placent pas pour lui dans des plans différents. Les deux disgrâces, dans l'éclairage entre chien et loup de la défaite, ne se distinguent plus.

Whisky. Retour à elle. Qui n'est la cause de rien. Il est le seul fauteur et le principe unique de tout. En quoi, pourquoi ? Parce que ta vie avec les femmes, pauvre diable, tu le sais bien, a été pitoyable, tu te trouvais moche, d'ailleurs tu l'étais, rien ne t'a aussi continuellement effrayé que le jeu, la séduction, le cache-cache, l'incertitude. Tu as voulu la sécurité parce que tu es incapable de vouloir autre chose, tu es incapable de la légèreté et de l'aventure. Leur désir te fait peur, te fait souffrir. La femme qui se donne à un autre : sauvage. La femme qui vous tourne le dos et s'éloigne, qui sourit à un autre : sauvage. La femme qui a donné, qui donnera à d'autres ces baisers qu'elle vous donne : sauvage. Du cauchemar s'amasse, comme l'orage au fond du ciel, venu de propos entendus, saisis au vol, qui le blessaient même s'ils ne le concernaient pas.

La femme qui dit « Ce n'est pas mieux, c'est différent » : sauvage. La femme qui distingue entre une aventure et une histoire : sauvage. La femme qui dit : « C'est sans importance, uniquement sensuel » : sauvage. La femme qui dit que c'était léger, inexistant et que justement. À cet instant il ne s'agit plus d'Anielka. François se réfère à d'autres représentations de ce qu'a d'insupportable la liberté, la fantaisie, le change du désir féminin. D'où vient-elle, cette souffrance ? Qu'est-ce qui est touché ? *Elle est indifférente, elle ne me voit plus, elle sourit à d'autres* ; avec cette disponibilité immédiate et tranquille envers qui les fait rire ou les charme. Une souffrance à couper le souffle, à se jeter la tête aux murs, à se tuer tout de suite. Et toute la vieille malédiction, tout le vieux malentendu remonte à la surface : « *Frailty, thy name is woman.* » « Ne touchez pas à la hache. »

Qu'est-ce qui l'a fait ainsi ? Avec tant de peur ? Crispé sur le besoin de certitude, quand la réalité de l'existence est faite d'ondoiements, de moires, d'indécisions ? Qu'est-ce qui l'a fait ainsi ? *Votre vie exige de vous une perpétuelle remise en question. Pouvez-vous en demander autant à votre portable ?* Ce n'est plus seulement une femme qui le quitte, c'est le contact perdu avec tout le courant de la vie, des amours,

226

des rencontres, de la jeunesse – si l'on met dans ce mot la mobilité, la disponibilité, la multiplicité des possibles. Anielka ne le quitte pas pour un homme, mais pour tous les hommes, des hommes jeunes et forts dont la présence illumine ses yeux, fait passer un frisson dans sa taille, fait palpiter sa gorge. Elle le quitte pour la nuit peuplée de Paris, des rendez-vous dans des cafés, des coups de fil imprévus, des incertitudes amoureuses... C'est le fleuve même de la vie qui désormais passe loin de lui. Et tous ces gens qui le peuplent lui font peur, comme les nageurs à qui ne sait pas nager. Il n'a jamais été dans le jeu, dans le vrai jeu. Il est un gros malheureux, un gros gardien disposé à être gentil avec sa prisonnière.

Voilà ce que François confectionne autour de l'éloignement d'Anielka, loin d'imaginer que ce qu'elle ressent le même soir, à la même heure, est exactement semblable, et que c'est cette proximité même qui, après les avoir rapprochés, la fait fuir.

Et puis merde – encore un verre; le cinquième? le sixième? – et puis merde : de toute façon, elles ne l'ont pas aimé. Jamais aimé. Aucune. Avec ce « de toute façon » que souligne la nouvelle rasade de whisky, François amplifie et généralise. Il faut que le désastre soit total, il le veut, il le cherche, il s'acharne, et rien n'est de trop. Elles ne l'ont pas aimé. Jamais. Non seulement il est quitté, mais il est renvoyé à une douleur première, à un cauchemar fondamental. Ce mal qui veut désormais qu'on l'éprouve. *Elle ne me regardait pas, elle souriait à un autre. Je ne sais plus quand, je ne sais plus où.* Pas aimé. Jamais aimé. Quelle absurdité encore! Au nom de quelle loi y aurait-il une quelconque raison de penser qu'un être humain puisse ou doive être aimé? Que l'existence, a priori, comporte cette chose exorbitante? Qu'un « moi » parmi les milliards de « moi » prétende à cela, réclame cela, que l'on puisse concevoir une telle exigence ou une telle espérance, est ahurissant, c'est un délire, ça n'a littéralement aucun sens. Aimés, les milliards de morts qui engraissent la terre? Les soldats du chemin des Dames, les légionnaires romains? Aimé, l'Ostrogoth qui descend sur Ravenne parmi cent mille Ostrogoths? Aimée, la sentinelle de Murol en Auvergne, de Newcastle en Northumberland? Mais en vertu de quoi? Et pourtant François, en cet hiver 97-98, avenue Trudaine, fait partie des millions et des millions de gens qui gueulent le désir d'être aimés. Eux. Lui.

Et il ne l'a pas été. Voilà. Elles diront toutes

ce qu'elles voudront. Convoité, sans doute; envisagé; et même choisi. L'horrible mot. Choisi. Qui est une monnaie au revers de laquelle est écrit : éliminé. Être choisi, c'est rigoureusement et clairement être éliminé tout de suite.

Un enfant. Il a fait jadis un enfant : Marion, sa grande. Suivie d'Élise. Il les a aimées, ses deux bébés, ses deux puces, ses deux filles, il les a vues devenir des adolescentes, des jeunes filles. Des jeunes filles : cette expression si jolie qu'on ne prononce plus, ça fait vieux genre, il fallait, n'est-ce pas, trouver quelque chose de vulgaire, d'aplatissant, on a trouvé nana. Il fallait que tout devienne ignoble. Loi de l'époque. Il fallait les lui salir vite, ses deux merveilles. Les lui cochonner rapidos. Ça urgeait. C'est le mot d'ordre. (Ici François déplace encore le sujet, accidentellement, au passage, il ouvre un nouveau terrain au désespoir.) Enfin bref, on fait un enfant à une femme; et à l'instant précis où elle se sait fécondée, c'est fini. Voilà ce qu'il ressent, voilà ce qu'il a vécu. On fait un enfant à une femme et on sait à la minute que c'est terminé. Qu'on n'est plus aimé. Que la parenthèse se referme sur l'illusion. C'est comme ça. On aimera son enfant, mais on ne sera plus aimé. Fini. On n'est plus, on ne sera plus jamais un

229

homme aimé par une femme. On a cru cela, plus ou moins. Avec plus ou moins de raisons, ou de raison. Terminé. On sera désormais un pourvoyeur. Et on veut bien l'être, sans doute ! Mais autre chose est fini. On commence à suffoquer, à chercher l'air. On est déçu. Brisé. Qu'on le sache ou non. C'est fini. Ça n'a pas duré bien longtemps.

On n'est plus aimé ! Merde ! Racolez toutes les conneries morales que vous voudrez, tous les propos lénifiants, toutes les raisons raisonnantes, tous les haussements d'épaules freudiens, tous les bon dieu de putain d'articles de journaux, toutes les merdes de livres que vous avez lus, écrits par des pédiatres américains, des pétasses sociologisantes et des psycho-machins versés dans le bon conseil à gros tirages, et qui vous ont rendues tellement grotesquement pédantes, tellement raisonneuses, tellement logiques, tellement organisatrices, enfin bref, tellement salopes dans le mauvais sens du terme, rameutez tous vos bons sentiments entre le lave-linge et la table à langer, ça n'empêchera pas que ça gueule, et qu'à cet instant précis on est trahi, on sent tout s'effondrer, parce qu'on a compris trop tard que tout était fini, que ce n'était pas nous qui étions cherchés, mais strictement notre foutre, notre salaire et notre sens des responsabilités! C'est une chose horrible! Horrible! Ah oui, on aime ses enfants. Mais tout homme qui devient père s'illusionne s'il analyse désormais la situation comme autre chose qu'une dépossession enfiévrée, effarée, continuelle de l'amour; une supplication; une errance de chien tricard; un cri lancé vers l'univers. Et moi, alors? Je deviens quoi? Qu'on ne m'oublie pas! Qu'on me récupère!

Dix mois. Pas douze : dix mois. Il avait eu dix mois. Dix mois avec celle qui prétendait l'aimer. Dix mois. Et déjà on en parlait. Même pendant les dix mois. Ça ne pouvait pas attendre. Et lui il voulait bien, mais tout de même. Ça pressait donc autant? Ah on l'aimait! Ah oui! Pour sûr! On l'aimait *dix mois*. Ça vous dit quelque chose? Et après, hop. Passons aux choses sérieuses. Le polichinelle dans le tiroir. Ta queue n'est pas là pour me faire jouir, mon vieux. Tu croyais ça. Ta queue est là pour fournir du spermato. « Il va falloir acheter des trucs. J'ai fait la liste. Sèche-linge, landau, lit-auto. Sac à biberons et à couches. Lit pliant. Au travail. Fini de rire. Tu croyais quoi? Hein? Ah, mais attention : tu auras le droit à tes loisirs, hein! Ah ben mais! Bien sûr! On a l'esprit large. » Et ça s'effondrait au-dedans. Ça croulait sur soi-même. Ça se déglinguait en lambeaux et en sang.

231

Ça ne le savait même pas. Il avait compris des années plus tard.

Et Anielka, Anielka aussi, pourquoi n'avait-il pas voulu s'en souvenir, pourquoi ne pas voir la vérité en face, elle lui avait dit un jour : « Avec toi, je pourrais avoir un autre enfant. » Elle aussi. Et elle ne se doutait pas qu'elle le poignardait encore, et pourtant c'était bien cela, elle le poignardait, ce qu'il voulait ce n'était pas cela, c'est ce qu'il n'a jamais eu et qu'il croit que Will a : être l'homme qu'elle désire.

François, je le vois mal parti, là. Très mal parti. Tunnel de tendance à la baisse, au sixième whisky la cotation percute pour la deuxième fois sa ligne support, calculée tout de même sur quelque chose comme cinq ans, ce n'est pas rien. À ce stade, le pire serait qu'elle remonte : trois ou quatre points récupérés, c'est le run, et son action s'écroule mais alors complètement.

Le désespoir est injuste. Le désespoir exagère. Le désespoir dit n'importe quoi comme un homme ivre. Qu'est-ce qui enfle ainsi le flot de la rivière ? Et il déplace encore, amplifie, accumule, parachève. Il faut en remettre. Que tout soit bien écroulé, mis à sac. Après tout, la maldonne est bien plus fondamentale encore. Elle a quinze ans de moins que lui, Anielka. Il ne se dit pas, il oublie qu'elle a toujours eu quinze ans de moins, que ce n'est pas nouveau, que ça ne l'a jamais gênée, au contraire peut-être : ne se rappelait-il pas, quelques minutes plus tôt (deux whiskies plus tôt), qu'elle cherchait la sécurité, l'abri paternel ? Mais le désespoir n'en est pas à une contradiction près. Donc il a quinze ans de plus qu'elle, et il est un homme d'un autre temps. Quinze ans, cela pèse lourd, creuse un fossé. C'est un truisme, on peut dire ou répéter ça, mais autre chose est de le sentir intimement, dans sa vie. Il en avait pris conscience déjà, au passage, un an plus tôt, au cours d'un séminaire, en bavardant avec des petits jeunes de la CGR – des petits jeunes de trente ans, un homme et deux jeunes femmes, et à travers leurs propos l'évidence lui était apparue : les changements auxquels il avait assisté, ils en ignoraient tout, ils étaient venus après. Laure, par exemple, une des deux femmes : il avait calculé qu'en 1968, elle avait deux ans, qu'en 1981, elle en avait quinze. Cela changeait tout, sa façon de voir la vie ne pouvait plus être la même que celle, par exemple, d'une femme de dix ans plus âgée, ayant connu le féminisme militant, la légalisation de la pilule en 1967, la loi sur l'avortement en 1975. Une femme comme Laure avait trouvé tout cela déjà installé autour d'elle. De même lui, né en 1948, ne pouvait pas se figurer la perspective de quelqu'un né en 1935. Ce n'était pas une question d'opinions, mais de point d'observation. Cela n'empêchait pas de se comprendre : cela marquait le temps et la différence des êtres.

Quel rapport avec l'éloignement d'Anielka ? Au sept ou huitième whisky, il est parfaitement vain de chercher le rapport. Quelque chose s'exhale qui est imaginaire et réel à la fois. Anielka est heureuse avec un autre. Anielka est dans l'aujourd'hui, lui dans le passé. Anielka continue sans lui. Il est sur le bord du chemin. Il est abandonné, fini, hors d'usage.

Et le passé surgit, ouvrant un album de photos. Des photos noir et blanc. Ou sépia. Pas en couleurs. Rien d'horrible comme les photos couleur, la rapidité avec laquelle elles verdissent. Encore une saloperie d'aujourd'hui, tiens, rien de tout cela ne tiendra le coup, tout sera à foutre en l'air. Mais des photos tendres et graves, de vieilles photos d'une vie aujourd'hui saccagée, reléguée, inutile. Tout ce qui meurt, mon dieu, tout ce qui meurt. Souvenirs, beaux et doux souvenirs piétinés.

Ses parents étaient poissonniers, ils faisaient les marchés ; ils étaient de ces gens qu'on estime pour leur sens du travail, de l'honnêteté, du devoir. Orphelin de père à dix ans, François avait eu à cœur de revaloir à sa mère les sacrifices qu'elle faisait pour lui. Il avait obtenu le bac C avec mention. Afin de financer les études supérieures qu'il était à même d'envisager, elle avait vendu un terrain qu'elle possédait, elle qui ne possédait pas grand-chose. François avait mené de front une école supérieure de commerce et une maîtrise de sciences sociales.

Ce n'est qu'au temps de son mariage, sa situation affermie, sa vie faite, qu'il s'était tourné vers d'autres horizons, entrevus et négligés durant son adolescence. Il avait l'impression, hors ses diplômes et sa vie professionnelle, de ne rien connaître à rien. C'est alors que par délassement, par complexe d'infériorité peut-être, par désir instinctif d'apprendre, d'élargir le champ, il s'était mis à se préoccuper d'histoire et d'art. Cela pouvait passer pour un loisir d'homme arrivé, de cadre confortable; ce l'était en partie; cela relevait aussi d'un sentiment d'abord assez vague de n'avoir développé qu'un versant de sa sensibilité, ou plutôt d'avoir laissé celle-ci en jachère. Quelque chose lui échappait; c'était comme des portes sur la vie qu'il n'aurait fait qu'entrouvrir. À l'école, il s'était intéressé en bon élève à la littérature, à la philosophie; en bon élève, sans plus. Un livre de management qui empruntait des aphorismes aux philosophes et à la littérature classique le réorienta vers ce monde lointain, aperçu jadis. Il prit l'habitude, toutes les deux ou trois semaines, de s'offrir « un Pléiade ». Ainsi commençait-il de renouer avec un autre François que le cadre de la CGR : l'adolescent de troisième qui, ne fût-ce qu'au passage, aimait bien les vers de Musset et de Vigny, ou les *Mémoires d'outre-tombe*.

Il retrouva ces vieux textes et les comprit mieux. Les marais salants de la presqu'île de Guérande avaient été ses grèves de Saint-Malo, et d'une certaine façon, le collège privé Bourda-loue, où il avait effectué ses études secondaires de 1959 à 1966, avait été son Combourg. Catho-lique pratiquante, sa mère l'avait inscrit comme pensionnaire dans cette école de prêtres. Il n'y avait que des garçons dans la vaste cour plantée d'arbres, environnée de hauts bâtiments conventuels. L'autre sexe ? Un rêve, une image lointaine, entrevue. On était romantique dans ces conditions-là, que pouvait-on faire d'autre ? Enfin, pas tous, il est vrai. Mais pour lui, c'était comme ça. Et finalement tout cet ensemble, la presqu'île guérandaise, les poèmes, les rêves de l'adolescence, avait formé en lui une complexion demeurée présente et agissante, à son insu, dans sa vie d'homme.

Toutes les mutations créent leurs turbulences...
Réactivité sans faille... Pouvez-vous en dire
autant de votre portable... On sous-estime communément l'effort d'adaptation que ce temps a demandé à ceux qui le traversent. En s'acheminant de l'enfance à l'âge adulte, un homme comme François était passé de la province à Paris, des bâtiments de l'école Bourdaloue aux tours de la Défense, du missel des nouveaux communiants à l'ordinateur portable, des lettres de pensionnaire au téléphone GSM, du monde d'avant mai 68 au monde d'après. Il n'avait pas seulement grandi mais changé d'univers. Or plus l'univers originel est identifié, marqué, prégnant, plus l'adaptation est difficile. *Pour franchir ce cap il faut s'adapter et anticiper... Réactivité sans faille... Perpétuelle remise en question... Optimiser les flux...*

D'instinct il avait recherché, en plein cœur de l'âge adulte, son adolescence comme un refuge. C'est le temps où il avait réaménagé à son goût la petite maison de Batz. C'est le temps où il avait vraiment appris, réappris à aimer les poèmes : *N'est-ce pas qu'il est doux, maintenant que nous sommes / Fatigués et flétris comme les autres hommes, / De chercher quelquefois à l'Orient lointain / Si nous voyons encor les rougeurs du matin, / Et quand nous avançons dans*

237

la rude carrière, / D'écouter les échos qui
chantent en arrière...

La nostalgie est un sentiment banal. On peut
toujours, à tout moment, ëtre nostalgique de
quelque chose. Toute la question est de savoir
pourquoi, et ce qu'on en fait. Ce qu'avait
exprimé François par son goût naissant ou retrouvé pour les cathédrales, les objets anciens
ou les poèmes, n'étaient-ce pas les prémices de
son rejet, de son dégoût, de son désarroi, de sa
consternation croissante, devant les conceptions
et les mots auxquels il lui fallait s'assujettir un
peu plus chaque jour ?

Et maintenant, tout seul dans son whisky,
c'est son adolescence encore qu'il ranime, et
plaint, et déplore aussi, face à l'éloignement
d'Anielka. Et dans le sentiment d'abandon, une
vague lentement formée au fil des années se rassemble et monte, et grossit.

« Je suis d'un autre temps. » Et il assimile
Anielka au présent qui le fuit. Et une fois
encore le chagrin s'ouvre de nouveaux
domaines, s'agrège de nouveaux motifs.
L'amour, il en avait trouvé les premières représentations dans les romans du siècle précédent,
qu'il fallait lire en classe : Julien prenant la main
de Mme de Rênal, Félix rêvant d'Henriette de
Mortsauf, Frédéric et Mme Arnoux, et puis

les poètes, Baudelaire encore : *Les courses, les chansons, les baisers, les bouquets / Les violons vibrant derrière les collines...* Son malheur présent donne corps à un sentiment de malaise, déjà souvent éprouvé devant la façon dont la société d'aujourd'hui parle de l'amour. Son existence l'a mené du temps de Baudelaire au temps des 36 15 CPL et des rubriques Sexe s'affichant sur les magazines. Voilà bien ce qu'il n'ose jamais dire, parce qu'on passe avec ça pour le genre coincé, mais beaucoup de choses le choquent, les titres du genre « Notre test : êtes-vous un bon coup ? », toute cette chalandise du sexe. Comment faire comprendre qu'il n'y a pas là de pudibonderie ? Mais c'est une façon de taper dur, de violenter, d'amocher, d'amoindrir. Non, il n'est plus de ce temps.

Et puis merde : il sait bien ce qu'il pense. Ce qu'il pense au fond. Au fond du septième whisky. Dans le temps d'une existence d'homme, il a vu l'avènement irrésistible, à la grande satisfaction de tout ce qui pérore, aux applaudissements des idiots de la télé, d'un monde de porcs, d'un monde de brutalité, et de vulgarité, et d'ignominie. Un monde sans protocole et sans forme, un monde où parler correctement passe pour vain ou ridicule. Un temps dont les natifs, si on leur disait honneur, pudeur, pureté, grâce, admiration, élégance, dignité, écarquilleraient les yeux. Ce temps déjà ancien de sa jeunesse, qui ne parlait que d'émanciper et de libérer; cet autre temps qui lui avait succédé, ce temps doucereux qui n'avait à la bouche que le respect de ceci et le droit à cela, l'en faveur de ceci et la revendication de cela, où il n'était question que de protéger et de garantir et de reconnaître, et de permettre et de légaliser et d'intégrer : toute cette fumisterie bonasse, pétrie de bons sentiments, succédant à cette autre fumisterie lyrique et libertaire, avait en réalité servi de drapeaux successifs à l'établissement d'un univers morbide, frénétique, continuellement violent, qui ne savait que détruire, y compris ce qu'il fabriquait, car détruire est sa nécessité. Un monde où l'on transformait Martin Mélier en optimiseur de flux, avec sa mission, son credo et sa tronche, et qu'on foutait dans le journal, ce collaborateur hi-speed et réactif sans faille, avant de le flanquer demain sur le pavé. Un monde où l'on faisait faire des tests à ses filles pour savoir si elles étaient de bons coups. Un bourrage général de bagnoles, de télés, de bruit, de mépris et de laideur. Un monde où l'on n'avait à la bouche que l'épanouissement des enfants tout en les livrant à la pub et à la drogue, au coin d'écoles en ruine où la Marchandise balançait jour après jour ses coups de boutoir. Où l'on s'attendrissait avec des airs paternes devant ce rap des banlieues dont la détresse mentale et verbale aurait dû faire honte. Un monde sans appel, sans idéal, sans transcendance. Mais que trouvait-on au principe de cette dévastation, de ce bombardement, de ce ravage, sinon ce dont s'était fait le serviteur et le chantre ce même François qui, aujourd'hui, ne pouvait plus voir une église romane ou lire trois vers de Vigny sans avoir envie de pleurer?

Et cette longue vaticination, j'y reviens, est provoquée par la perte d'Anielka, c'est-à-dire par un événement sans rapport. L'expression du chagrin amoureux aboutit contre toute attente à la dénonciation générale du temps. Et pourtant on sent bien qu'il y a une logique. Mais laquelle?

C'est cette même logique de la souffrance qui le mène, tout en condamnant le présent, à se condamner lui-même pour son incapacité à y vivre. Il se réfugie dans l'adolescence et en même temps s'y réfère comme à la cause de son malheur, au passif qui empêche, au fatum qui condamne, à l'origine qui emprisonne, à l'identité qui plombe, qui arrache au présent, qui fait avancer à reculons, demeurer à quai tandis que la vie s'éloigne comme un paquebot illuminé. Qu'est-ce qui l'a fait ainsi ? Cette question doit être transformée, retournée. François ne parvient pas à être l'homme que ce temps réclame, postule, désire. Jugé selon les critères de la secrète anthropogenèse qui se déroule sous nos yeux, François est recalé.

Parenthèse. Je pense à Joanna, la mère d'Anielka. Peut-être son exemple peut-il clarifier ce qui se joue au-dedans de François. Joanna a grandi dans le catholicisme. Elle s'est mariée, elle a fait des enfants. Lorsqu'elle a vu, au cours des années soixante, se former et s'affirmer une autre conception de la vie féminine, elle s'est sentie aussitôt reléguée, dépassée, mise en marge. Elle ne pouvait acquiescer ni applaudir. Tout ce qu'elle avait été, et il n'y avait pas là qu'une question d'âge, interdisait qu'elle pût correspondre à la nouvelle idée de la femme qui se faisait jour et s'imposait dans les démocraties libérales. Ne pas répondre aux critères de l'avenir : voilà le sentiment qu'ils partagent, et qui, pour des raisons différentes, les périme et les rejette.

François ne le sait pas. Il le sent mais ne le sait pas. Nous pouvons l'apercevoir, le soupçonner derrière lui, dans l'ombre. *Les courses, les chansons, les baisers, les bouquets / Les violons vibrant derrière les collines...* La vague est à son acmé, elle semble s'immobiliser, vouloir frapper le ciel – et elle déferle. Ignoble. Un monde ignoble, au sens étymologique du mot : le contraire de noble. *Les violons vibrant derrière les collines...* Qu'est-ce qui avait pris le dessus ? On violentait ce qu'il y a en l'être de plus sensible, de plus vital. *Les violons vibrant derrière les collines...* Il n'y aurait plus jamais de violons vibrant derrière les collines. Il y aurait de la sono qui tue l'oreille, comme il y a des propos brutaux qui tuent le cœur, comme il y a du prosaïsme qui tue l'émoi. *Les violons vibrant...* Il demeurait un adolescent d'autrefois. Et l'infidélité d'Anielka, qui n'avait rien à voir avec tout cela, faisait éclater enfin ce désaccord secret d'un homme avec la vie environnante, ce sentiment atroce qu'on ne parle plus la même langue, que l'on ne trouvera plus jamais ce que le cœur désire. *Les violons vibrant derrière les collines...* La terrible vérité était peut-être qu'ils étaient tous habitués à cette nouvelle brutalité du temps, qu'ils ne la sentaient pas, qu'ils y étaient nés, que le présent et l'avenir s'éloignaient inexorablement de lui, emportant d'autres êtres faits à ce monde, forgés par lui à son image, tandis que lui reculait, reculait, marchait en pleurant, marchait meurtri, blessé, défait, déguenillé, marchait pour y mourir vers l'enfance, les émois anciens, les chagrins surannés, les bonheurs infimes, les violons, *les violons vibrant derrière les collines.*

20

De l'origine des complicités humaines

Et ce fut en songeant à François que je franchis une étape, découvris un chemin que m'avaient laissé entrevoir, mais pas plus, mes réflexions sur Anielka et sur Annick-Aurore. J'ai bien peur que ma trouvaille ne paraisse dérisoire ; mais après tout, il y a des évidences si flagrantes que personne ne songe à les énoncer, en sorte qu'on les perd.

Se déserter soi-même, est-ce une clef pour la liberté ? J'étais passé tout doucement de l'abattement extrême, de la défaite, de la déroute, à cette indifférence, à cette renonciation, à ce refus d'attendre ou d'espérer quoi que ce soit, qui n'est pas le bonheur, mais supprime heureusement la question du bonheur, annihile l'épuisante impatience de triompher et de marquer des points. Nous n'avons besoin d'aucune forme de bonheur ou de victoire pour que l'instant présent soit vécu, et pour qu'un autre instant lui succède, qui sera vécu lui aussi. Nous n'avons besoin du bonheur et de la victoire que si nous nous soucions de nous-même. Rompre ce cercle, c'est se placer dans un état d'ouverture à tout; et en cela, c'est être libre.

Jamais peut-être je ne m'étais senti aussi proche de l'instant, que vînt s'y inscrire un paysage, un visage, des mots écrits ou entendus. Chaque minute me trouvait devant le blanc, devant le vide, et tout entier, sur le point mystérieux d'atteindre quelque chose qui m'avait toujours échappé. On n'attend rien, et dès lors tout fait vivre, le ciel qui change, les gens qui passent, quelques images à la télé, trois mots échangés avec le voisin ou la caissière. Un train où l'on monte. Un livre au hasard. Tout ce qui existe dans le monde à nouveau s'approche, tout doucement, comme une faune effarouchée dans le demi-jour des sous-bois.

Les aventures d'Annick-Aurore m'avaient entrouvert une porte, esquissé une perspective; mais ce fut autour de François qu'il se passa vraiment du nouveau.

Il faut dire qu'il ne risquait guère de m'impressionner, lui non plus. Je reconnaissais en lui des peurs et des inaptitudes que je ne comprenais que trop bien. Will m'avait inspiré une aversion exactement proportionnelle au sentiment d'infériorité que sa force, sa certitude, son arrogance tranquille pouvaient éveiller en moi, le même complexe qu'avait ressenti Anielka lors du dîner chez ses amis, le long du canal. Nous avions, elle comme moi, expérimenté cette contradiction douloureuse : avoir horreur de ce qu'il faudrait être ; le désirer et ne pas y parvenir ; être humilié de cette impuissance ; haïr sa défaite.

Le François de la CGR, avec départs à Roissy en manteau noir et attaché-case, le Nokia à l'oreille, le François du TGV avec ordinateur portable, camemberts statistiques, ratios et rapports d'études, ne m'eût guère porté qu'à une caricature rapide et appauvrissante. Rien ne fait écran, rien n'inspire l'ironie, la méfiance et le rejet comme la prise en considération de la seule image sociale ; rien ne décourage plus sûrement la sympathie et l'intérêt. La source des diverses formes de haine collective est sans doute à rechercher de ce côté-là. À l'inverse, François intime, donc singulier, François défait, écœuré par le monde, s'accrochant à quelques images d'enfance et à un vers de Baudelaire, me redevenait proche. Je découvrais entre nous l'existence d'un fonds commun, constitué de nos peines, de nos peurs, de nos doutes, de nos victoires obscures, de nos décrochages et de nos rétablissements.

En d'autres termes, on ne se rencontrait pas dans le triomphe mais dans l'échec; non dans la part construite, assurée et triomphante, mais dans l'incertitude et la fragilité intérieures, sans cesse surmontées et parfois accablantes.

Cette hypothèse, je m'en souvins alors, Anielka l'avait hasardée un soir face à un Will sûr de lui et pérorant, qui ne voulait pas l'entendre (et moi j'avais entendu sans m'y arrêter) : « Ce n'est qu'à travers leurs faiblesses, leurs fragilités, qu'on peut aimer les gens », avait-elle dit. Elle-même ne savait pas très bien non plus, sur le moment, ce qu'elle cherchait à définir, elle n'y avait jamais pensé. Moi, je réfléchissais à son histoire, je songeais à elle, à Annick-Aurore, à François, et j'eus soudain l'intuition que tout se rapportait à cela : la fragilité et l'aveu.

L'existence sociale ne cesse d'exiger de nous certaines apparences, les preuves continuelles de notre réactivité sans faille, de notre créativité hispeed, de nos remises en question permanentes, et pouvons-nous en dire autant de notre portable; preuves et apparences que nous ne parvenons à donner qu'au prix de mille contorsions, reptations et tâtonnements. À tout instant il nous faut étayer, compenser, faire jouer le contrepoids intérieur, faire la part de nos affects et de ce qui ne concerne que le pantin social; d'où une tension continuelle qui ne trouve apaisement que dans l'échange secret, à deux; dans la reconnaissance mutuelle de ces difficultés; dans leur légitimation humaine, oppositionnelle. L'amitié nous donne ce bonheur de pouvoir s'avouer, de découvrir qu'on n'est pas seul.

La faiblesse et l'aveu. C'était tout bête. Bête et nouveau. D'elles seules dépendait tout sentiment de proximité humaine. Pourquoi? Je n'en sais rien. Peut-être parce que sans l'aveu, il ne subsiste que l'apparence, la comparaison, la compétition, et avec elles la solitude. J'avais écrit, au sujet de ce type aperçu boulevard de Magenta, qui gueulait dans son GSM, « je vais me foutre en morceaux et je renaîtrai, nom de Dieu, je renaîtrai, etc. » – j'avais écrit qu'on l'espérait pour lui, mais qu'on ne voyait pas comment il s'en tirerait *tout seul*. Ces deux mots, *tout seul*, m'étaient venus sous la plume, sans y réfléchir, et à ce moment-là j'ai eu l'impression de faire un pas en avant, ou peut-être de côté, mais enfin un pas vers ce que jusqu'alors j'ignorais.

Les grandes réorientations intérieures, les avancées, le salut, tiennent à des constatations simples. Celle-ci allait faire tourner le décor, me donnant accès à mes personnages, me les rendant soudain, de lointains et déroutants, voire inquiétants qu'ils étaient, familiers et proches : ce n'était pas en jouant les consciences supérieures, ironiques et détachées, que je pouvais les comprendre, c'était au contraire à travers mes propres troubles, mes propres désarrois. Il me fallait accueillir ce qui me défaisait, me déstabilisait : c'était ma chance. Ces liens, ces ressemblances, ces complicités qui m'avaient paru introuvables, et dont l'absence me rejetait vers la solitude et l'impossibilité – ils étaient là, à ma disposition, mobilisés, produits par cette solitude même. À l'instant par exemple où j'avais prononcé l'aveu « Je suis en morceaux », je rejoignais déjà, sans le savoir, François effondré au milieu de son confort bourgeois, je rejoignais la femme du tableau, chez Will, et cette décision qu'avait (sans le savoir non plus) prise Anielka de programmer la bombe qui démantèlerait sa vie. Suffisait de ne pas chercher à réparer ni à guérir.

Ainsi ne voyais-je pas sans bonheur François se raccrocher aux images de son enfance. C'était pour se disqualifier, se condamner, s'expédier *ad patres*, se juger un homme fini, etc. Mais comment pouvait-il ne pas y voir au contraire le socle, le point d'appui, la ressource ? On évalue souvent mieux la situation des autres que la sienne : il me paraissait évident que François s'en tirerait. Face à tout ce qui l'écrase, il n'est pas si seul qu'il le pense. Il a, pour l'épauler, l'adolescent qu'il fut, le François secret qui ne se réduit pas à son existence extérieure; il a Baudelaire avec lui, ses poètes, ses rêves, sa presqu'île, tous ces bienfaits reçus de la vie; ces compagnons invisibles lui donnent leurs ressources, leurs raisons. Blessé, défait, anéanti, il lui reste loisible de retourner vers un jardin, vers un asile.

Mais ce qui m'apparaissait chez lui avec tant d'évidence, ne pouvais-je le trouver en moi, et pour mon compte ? Moi qui, au nom de ce lancinant « Qu'est-ce qui m'a fait ainsi ? » avec quoi François ou Anielka se flagellent, avais pris en haine, en pitié et en haine, ceux que j'avais été à sept, à quatorze, à vingt ans, ne devais-je pas me dire aussi que je n'existais que grâce à eux; qu'ils m'avaient aguerri, approfondi, appris la patience et l'endurance, endurci à la solitude ? Qu'ils constituaient un socle et un rocher ? Que si je perdais le pouvoir de les évoquer, je me perdais avec, qu'il n'y aurait plus même de présent sans eux ? Oui, François, *à présent que nous sommes fatigués et flétris comme les autres hommes*, nous devons plus que jamais nous appuyer sur nous-mêmes, qui ne pouvons avoir tort d'exister ; sur nos chagrins et nos bonheurs, sur nos rébellions et nos tendresses, sur un poème et sur les pierres d'une vieille maison, si c'est là ce qui nous a fait vivre ; et nous avons raison de dire qui nous sommes.

Anielka, François, Annick-Aurore. Je commençais maintenant à comprendre ce que je cherchais auprès d'eux. À la faveur des circonstances où les plaçaient leur complexion, leur passé, leur existence, la société autour d'eux, je pouvais exprimer des peurs, des questions, des revendications qui étaient miennes ; ce qui était en moi devenait par eux légitime, trouvait en eux sa preuve et sa réalité. Une hypothèse, un axiome, une loi me venait à l'esprit, dont jamais de ma vie jusqu'alors je n'avais eu l'idée ni l'intuition, et qui me restituait tout ce que j'avais perdu : sitôt que l'on passe de un à deux, on passe de un à l'humain.

21

À vingt-cinq minutes de Luxembourg
par le RER B

« *Parce que vous avez un travail prenant et une vie familiale à laquelle vous tenez, vous avez peu de temps pour souffler. Pour affronter vos journées, vous avez besoin d'un petit coup de pouce. C'est pourquoi nous avons conçu* BOOSTY, *ce savoureux mélange de bananes séchées et pétales d'avoine, particulièrement riche en fer, phosphore et magnésium, qui vous aidera à garder votre équilibre jour après jour.* »

Anielka lit ce texte sur une boîte de céréales, dimanche au petit déjeuner, dans la cuisine de Sophie. Et elle se dit que oui, Sophie, c'est exactement cela.

Plusieurs semaines auparavant, celle-ci l'avait invitée à fêter ses trente-cinq ans avec plusieurs amis et à passer le reste du week-end chez elle et Régis, son mari. Anielka était alors dans les moments les plus intenses de son aventure avec

Will. François, cela tombait bien, serait en séminaire. Elle n'avait pas pu réprimer, en acceptant l'invitation, le petit frisson qui l'avait parcourue à l'idée d'avoir en quelque sorte une histoire secrète, un autre visage, grâce à quoi elle jouerait là-bas le rôle qu'il faudrait, d'autant plus volontiers qu'elle n'y serait ni résumée, ni enfermée.

« Pauvre conne. » Le week-end en question était arrivé, Will l'avait expulsée de sa vie, elle s'était bien cassé la figure, et il allait falloir assumer la déroute, sans même la ressource de se taire, puisqu'elle avait parlé de Will à Sophie, au téléphone, et que l'heure des questions surgirait inéluctablement.

Parce que vous avez un travail prenant et une vie familiale à laquelle vous tenez... La boîte de céréales Boosty constituait en effet un assez bon portrait de Sophie. Où va-t-on, si les packagers des produits de consommation courante connaissent, mieux que ne font les romanciers, les êtres humains et les types sociaux ? Sophie avait bel et bien un travail prenant et une vie familiale à laquelle elle tenait. Le « peu de temps pour souffler » constituait bel et bien une antienne de sa conversation. Indéniablement elle avait besoin d'un petit coup de pouce matinal

254

pour affronter ses journées et garder son équilibre.

On s'adresse aux femmes. Pas de doute. On leur dessine leur vie avec une netteté implacable, on prévoit tout. On sait d'avance. Comme Dieu. Au reste, les voix off de la publicité télévisée ne ressemblent-elles pas à celle de Yahvé retentissant dans le paradis terrestre ? Le texte des céréales Boosty m'amène d'autre part à une observation que je n'ai pas encore faite, et dont l'évidence apparaîtra mieux, peut-être, si l'on considère l'ensemble des magazines féminins. Lisons leurs couvertures et leurs sommaires : la moitié des articles, dossiers et reportages, concerne l'art et la manière de pallier les inconvénients attachés à ce que l'autre moitié des mêmes articles, dossiers et reportages, conseille expressément aux lectrices de désirer. Formulons la chose de manière plus concrète. Il est expressément conseillé aux lectrices de désirer : un homme, des enfants, un boulot, une maison, des vacances. Une fois tous ces biens obtenus, les mêmes lectrices se voient dans l'obligation de : réussir dans leur travail, tenir et décorer leur maison, s'occuper des enfants, surveiller les devoirs (ou la baby-sitter qui surveille les devoirs), organiser les vacances, contrôler leurs kilos, rester sexy, concilier tout cela et par-dessus le marché « trouver du temps pour souffler », ce qui en effet, compte tenu de ce cahier des charges à faire crever un cheval de trait, relève de l'exploit. Le bonheur, en somme, est une corvée, « et c'est pourquoi nous avons conçu boosty, ce savoureux mélange de couilles de chameau et de corne de rhinocéros, etc. ».

Anielka, souvent, avait admiré Sophie. À la fac, pour sa gaieté, sa fantaisie, sa rapidité dans le travail, son entrain à danser et à faire la fête, son aisance avec les garçons. Sophie savait toujours, avec une clairvoyance et une tranquillité d'esprit qui effaraient Anielka, si telle idylle amorcée, telle drague envisagée, serait une passade de deux nuits, un petit roman de trois semaines, ou si elle était grosse d'un emportement possible, dont il fallait alors par avance conjurer les effets destructeurs. Ce qui ne l'empêchait pas de s'y livrer, d'ailleurs, et elle avait su s'octroyer les quelques séquences d'excès et de dérèglement, voire de crise, nécessaires à une jeunesse réussie. En un mot, elle gérait. Elle « savait ce qu'elle voulait ». Elle « avait les pieds sur terre ».

Le même esprit de décision, la même lucidité intransigeante avaient gouverné la suite de sa vie. À vingt-cinq ans, elle avait décidé que c'en était fini des frasques et des embardées. Objectifs : vie professionnelle – elle avait choisi l'entreprise privée; mariage – elle avait rencontré et épousé Régis, mis deux enfants au monde. Anielka se souvenait de cette déclaration faite par elle un soir de Saint-Sylvestre : « En avril, on en met un deuxième en route. » Et en avril, l'enfant était en route.

À trente-cinq ans, Sophie est jolie, élégante, elle gagne vingt-deux mille francs net sur quatorze mois, ses enfants travaillent bien à l'école, elle dispose d'une femme de ménage et d'une fille au pair, elle fait du sport. Anielka l'admire-t-elle vraiment ? Aurait-elle voulu être semblable ? A-t-elle, sciemment ou non, préféré ne l'être pas ? Will a posé la question, on s'en souvient peut-être. En tout état de cause, son bilan à elle est ce qu'il est : un couple foiré en deux ans, un enfant qu'elle n'a pas « mis en route » exprès, et avec lequel elle ne vit pas, un compagnon avec qui elle ne vit pas non plus. Et pour finir, folle à crier d'un mec qui a joué avec elle comme un enfant cruel avant de la larguer avec la plus parfaite indifférence.

Ses liens avec Sophie s'étaient resserrés durant le temps passé avec François. Régis travaillait dans le service financier d'une compagnie de gestion de l'eau; les deux hommes avaient, comme on dit, des terrains communs. Ils avaient passé des week-ends ensemble, elle amenait Quentin, et ça faisait deux couples avec enfant(s). Sophie n'avait jamais réussi à comprendre pourquoi Anielka ne vivait pas avec François. Tant d'arguments militaient en ce sens! Anielka ne savait rien répondre. C'était à croire que tout le monde voulait la virer de son appartement, de sa petite place, de son église, de son square, de ses voies ferrées.

Et à présent elle avait quitté François, et Will l'avait jetée à terre, et il lui avait fallu se rendre à cette fête, et l'heure des questions allait sonner.

*

La soirée avait été un chemin de croix. La plupart des amis invités par le couple, une vingtaine de personnes au total, lui étaient inconnus. On se mit à boire des gin tonics et des bloody mary en parlant gamins, vacances, voitures. Trois ou quatre des femmes, celles qui pouvaient se le permettre, arboraient des tenues sexy; les autres – celles qui avaient déjà renoncé, déserté le terrain des pubs de sous-vêtements pour celui des pubs de supermarchés – les examinaient d'un œil critique. Il y eut un peu de drague pour rire entre ces gens qui se connaissaient bien. Pour rire? Jusqu'à un certain point.

Anielka repéra un quadra en début d'alopécie s'efforcer de parler monospaces, tout en jetant de fréquents coups d'œil à sa femme, laquelle dansait le rock un peu vite, en proie à une visible ivresse, avec un grand blond viril nommé Jacques. Côté hommes, au troisième gin tonic, même si la légitime est là et qu'on est entre amis, il n'empêche que Nicole a de jolies jambes et qu'on peut faire glisser la main un peu bas sur ses reins, lui murmurer un compliment à l'oreille, ça passera, ni vu ni connu, en bons copains. Le soir, sur l'oreiller, ou dans la voiture en rentrant, il y aurait des questions inquiètes : « Tu la trouves jolie, Nicole ? Un peu vulgaire, non ? Ça excite les hommes ? Toi, par exemple, ça peut t'exciter ? » Ou de véritables scènes : « Écoute j'ai bien le droit de m'amuser, toi tu n'aimes pas la danse. – Tu sais très bien qu'il ne s'agit pas de ça. Je ne t'ai jamais empêchée de danser. Mais tu n'es pas obligée d'être ambiguë. – Ambiguë ? J'ai été ambiguë ? C'est quoi cette parano ? »

Anielka connut tout l'ennui des fêtes où l'on s'ennuie. C'est un ennui très singulier, qui ne provient pas de la fête, mais de soi. Il souligne un isolement et une impuissance. Elle tenta de se mettre dans l'ambiance, but un peu, s'agita au milieu des autres, se trouva ridicule, alla se rasseoir et sentit croître en elle, en même temps que l'envie de pleurer, une animosité impatiente envers l'ensemble de l'assistance. Il y en avait deux qui jouaient les amoureux, s'enlaçaient ostensiblement, s'embrassaient sur la bouche, l'air de dire regardez, les amis, entre nous ça flambe encore, pouvez-vous en dire autant... Et peut-être cette petite exhibition était-elle juste-ment le combustible nécessaire pour que ça flambe. Anielka le pensa. Qu'y avait-il donc dans cette fête qui lui parût à ce point horrible, insupportable, écrasé? Elle avait l'impression qu'une bonne moitié de ces maris et femmes n'avait qu'une envie, coucher avec quelqu'un d'autre, et d'ailleurs ils ne s'en privaient peut-être pas, et l'autre con à poil ras flippait en sur-veillant sa grande bringue blonde, les seins remontés sur le balconnet... Misérable. Au fond ils ne faisaient tous que regretter et mimer les vraies fêtes de leur jeunesse, où avaient réelle-ment lieu des rencontres, où l'on connaissait la divine incertitude, le frisson du premier baiser échangé, la griserie des débuts. Ou bien ils dégringolaient déjà dans les fantasmes d'échan-gisme, les rêvasseries de parties de cul à l'hôtel, le temps du déjeuner. L'amour, pour eux tous, était devenu cette corde dont il ne faut pas par-ler dans la maison du pendu.

Après quoi elle s'en voulait de ces pensées mauvaises, elle se jugeait une vieille fille frustrée et méchante.

Oui, ils étaient transparents, n'est-ce pas, Anielka ? Cousus de fil blanc. Leurs histoires, leurs salades. On pouvait les regarder de haut et crever de solitude à se dégoûter soi-même. N'est-ce pas. Je connais.

Enfin, vers trois heures du matin, ils renoncèrent à faire semblant de s'amuser et l'on put aller dormir. Anielka eut la chambre de l'aîné des enfants, qu'on avait installé avec son petit frère. Elle suffoquait sur l'oreiller, dans cette petite pièce à papier bleu ciel, meublée de bois blanc avec des caisses à jouets de plastique rouge. « Qu'est-ce que je fous là ? » Pourquoi n'avait-elle pas tout annulé ? Mais là ou ailleurs, qu'importait ? Elle était débarquée de partout, inadaptée partout, jamais à sa place, elle ne savait pas où était sa place, et ce n'était pas nouveau. Elle devenait folle dans cette chambrette, elle aurait voulu ficher le camp, mais pour aller où ? Elle aurait voulu être rue Greneta et que Will fût aussi désagréable qu'il voudrait, aussi salaud qu'il voudrait, qu'il l'insulte et la frappe s'il voulait, et elle l'aurait supplié d'arrêter et aussi de continuer, elle serait devenue sur son lit la femme du tableau, anéantie, démembrée, folle. Ah, s'oublier, s'oublier, se faire exploser la tête. Mais l'anéantissement que lui avait donné Will n'était pas celui-là; c'était un néant sans ivresse, immobile, interminable et lucide comme l'insomnie.

L'inéluctable, en effet, arriva au petit déjeuner, tandis qu'elle contemplait la boîte de céréales, Régis étant parti en promenade avec les enfants et le chien. Sophie voulut la faire parler de François et de Will. Clair qu'elle désapprouvait tout ce qui s'était produit, non pas par moralisme (Sophie se déclarait évidemment réfractaire à tout « discours moralisateur »), mais parce que ça ne pouvait mener son amie à rien de bien, c'était évident.

Anielka, déjà au téléphone – le téléphone est implacable pour ce genre de nuances –, avait senti cette réticence, cet étonnement qui questionne et n'approuve pas. Et maintenant il allait falloir dire à Sophie la vérité, c'est-à-dire lui donner raison, et encaisser sa sollicitude, sa franchise d'amie sincère : « Tu ne vas tout de même pas te laisser atteindre à ce point par un mec comme ça... » Elle imaginait les commentaires, ensuite, avec Régis, une fois qu'elle serait partie. Cette pauvre Anielka a le génie de se jeter dans des trucs impossibles...

Ah, comme ils s'y entendent bien, sitôt qu'on

dévoile sa faiblesse, qu'on avoue un doute, à vous écrabouiller un peu plus sous les bons conseils, eux, qui ont compris, n'est-ce pas, eux qui se débrouillent mieux, qui savent voir venir, contrôler, gérer. Non que Sophie fût bête ou insensible. Mais elle allait bien, elle réussissait son existence, elle pouvait se dire qu'elle avait appliqué la bonne méthode et par conséquent obtenu les bons résultats. Il y a quelque chose d'odieux dans le contentement de soi que les gens quelquefois exhalent. Comment l'émouvante cavale de jadis, tour à tour sentimentale et je-m'en-foutiste, sensuelle et froide, qui pouvait se faire son moniteur de tennis un jour et le lendemain tomber raide amoureuse d'un gros chauve de soixante ans, revenir bronzée de huit jours de ski et se bourrer la gueule en écoutant *Je ne t'aime pas* de Kurt Weill ou *Remember* chanté par Barbara Streisand – était-elle en moins d'une dizaine d'années devenue cette petite-bourgeoise bien coiffée, souriante, accueillante, sûre d'elle, et raisonneuse, avec une opinion sur tout, la pédagogie de l'école primaire, le deuxième mariage de sa belle-sœur, les déductions fiscales pour garde d'enfants et la crise des marchés asiatiques ? Le pire piège que la vie puisse nous tendre est l'illusion de la dominer : on ne regarde plus rien autour. On

263

perd de vue les démons, les failles, l'attrait de l'ombre.

Anielka se surprenait là encore à des prédictions de mauvaise fée : « Tu te casseras la figure, ma belle. Toi aussi, tu tomberas de haut. »

*

Le dimanche après-midi elles se promenèrent, avec Régis et les enfants, dans Villefleurs caressée d'un soleil d'hiver. L'ancien village subsistait, pittoresque et rénové, avec des crépis soigneux, des pierres brossées, des lanternes à l'ancienne. La municipalité avait acheté le château, une jolie demeure du début du XIXe siècle, pour y abriter la bibliothèque et les locaux des associations. On avait abattu les murs entourant le parc, installé sous les arbres des jeux pour les enfants. Une rue piétonnière, partant de l'église du XVe siècle, menait au nouveau centre : une grande place carrée entourée de commerces abrités sous une colonnade, avec au milieu une fontaine contemporaine; l'eau qui jaillissait de ses formes abstraites tombait à côté du bassin, inondant le pavement. Des plots de pierre ou de fonte, le long des trottoirs, contenaient le stationnement des voitures avec une autorité douce et implacable. Ici comme à Candville, on construisait un monde bien aménagé, sécurisant sinon sécuritaire, un monde tout neuf et souriant pour oublier à tout jamais l'Europe chargée de cathédrales, de labours, de nuit et de piétinements d'armées.

Cette nouvelle place jouxtait un parking; l'ensemble de l'aménagement avait été rendu nécessaire par le développement d'un nouveau Villefleurs, qui avait saturé les limites géographiques de la commune : golf, supermarché, salle polyvalente, maisons individuelles dans des allées aux noms de fleurs, tout cela joliment planté d'arbres et bordé de pistes cyclables. La population avait triplé en dix ans.

– Finalement, presque plus personne n'est d'ici, remarqua soudain Anielka comme ils longeaient le cimetière. La majorité des habitants n'y sont pas nés, et personne n'y mourra puisque l'hôpital est à plusieurs kilomètres.

Ces réflexions furent reçues avec un mélange d'intérêt poli et de vague perplexité. Elle-même s'étonnait de repenser à l'époque lointaine où son père, le Jour des morts, allait se recueillir sur d'improbables tombes. Qu'est-ce qui, dans la minute présente, ranimait en elle ces souvenirs, faisant passer sur Villefleurs, comme un nuage, la tristesse de Joseph l'exilé ?

Et cette coquette banlieue de cadres, à vingt-cinq minutes de Luxembourg par le RER, lui parut soudain un enfer. Elle voulait retrouver son appartement, en face de l'église à l'intérieur de laquelle une Sainte Vierge toute en volutes levait les yeux au Ciel comme pour s'envoler, aspirée par son regard. Elle voulait se retrouver là, s'enfermer, se mettre au lit. Dormir.

Le lundi matin, Régis la reconduisit en voiture vers Paris. Comme la circulation s'immobilisait sur une bretelle de l'autoroute, elle trouva qu'il faisait trop chaud et actionna l'ouverture de la vitre. Ce que voyant, Régis porta aussitôt la main vers la commande centralisée et referma. « Clim », dit-il en guise d'explication, avec un sourire gentil, mais impératif. Ce sourire lui donna envie de sauter par la portière. Clim ou pas, elle étouffait là-dedans et s'exaspéra intérieurement contre ce petit monsieur content de lui et de sa belle voiture. Imbécile, abruti, connard.

Elle se souvint d'un coup que dans la voiture de François, c'était pareil.

22

L'abandon

Matins noirs de l'hiver, hantés de vent et de pluie sale, sur la place du Dr-Félix-Lobligeois. Le trajet en métro, le quai, l'escalator, la place avec la station d'autobus, le café du coin de la rue, la façade énorme de la mairie. La cantine du personnel communal. La préparation de la Bourse aux livres, la subvention exceptionnelle de la chorale municipale en vue de sa participation au festival de Saint-Céré. Le soir, de nouveau le métro, l'école de Quentin. Plus de François ni de Will pour ouvrir sur un autre univers. Plus d'intérieur.

Elle se souvenait du sentiment paisible de la vie, elle considérait avec stupeur ces jours, pas si lointains, où tout lui semblait installé en son lieu autour d'elle, comme dans un tableau bien équilibré, une composition obtenue moins par la rigueur que par la grâce : « J'ai été celle-là. »

Le temps, le monde extérieur avaient vite fait de vous fournir un ordre, un ensemble de représentations, de coutumes, de façons d'être. Suffisait de se laisser aller, de faire ce qui se faisait, de penser ce qui se pensait. Le monde savait ce que l'on pouvait être, ce qui faisait du bien. Des airs pour danser, des idées commodes, des façons de dire, il fournissait tout. Il fournissait le surgelé et le congélateur, le blues du crépuscule et le plateau-télé, le stress de la ville et le sentier en forêt, l'événement d'actualité et ce qu'il faut en penser.

Plus rien à voir.

Elle était tombée de sa vie comme on tombe d'un bateau. Il avait suffi d'un homme de passage pour que plus rien ne tînt debout des habitudes, des réflexes, des confiances qui avaient formé autour d'elle jour après jour, en dépit de troubles vagues, d'intuitions insuffisantes et de symptômes inaperçus, un univers de permanence, aussi prévisible que la chambre, la commode, la salle de bains, l'emplacement de la cafetière électrique.

Elle passa des soirées entières dehors, sans autre but que de marcher. Mais ces mêmes rues, ces mêmes cafés, ce même Paris que dans les meilleurs moments elle avait aimés, dont elle avait joui, lui paraissaient quelque chose d'étranger, de sinistre. L'univers est hideux sans notre désir. Les gens qui passaient étaient tous des inconnus et ils étaient tous menaçants, bien qu'ils ne fissent pas attention à elle ; ils étaient effrayants parce qu'ils allaient bien.

Il fallait les voir. Il fallait les voir.

Ils seraient tous contents, radieux, hilares, jusqu'au moment où ils tomberaient aussi.

Alors là.

Il fallait être tombé pour réaliser.

Et quant aux autres, tous ces vaincus, ces humbles, ces traîne-la-patte qu'on voit aussi sur les trottoirs de Paris, dans ces impasses de la vie qui ne permettent même plus les romans, c'était pire : ils lui ressemblaient. Tout ce qui se hâte ou se traîne dans Paris est à situer sur une échelle qui va du triomphe à l'humiliation.

Au bureau, cependant, les deux collègues enceintes avaient pris de l'ampleur. Elle considérait avec une inexprimable haine ces deux grosses vaches triomphantes, trônant sur leur bide, bien posées au centre du monde, image du contentement indiscutable, de l'absolue légitimité, exigeant l'application de tous leurs droits officiels ou implicites. Ah, elles étaient à leur affaire ! C'était leur heure, leur tour ; elles façonnaient le monde, et malheur à qui se fût

269

mis en travers ! Elles n'avaient pas des droits : elles étaient le droit.

Elle se reprochait ces pensées envers de jeunes femmes naïvement heureuses; mais tout de même ! L'attente, puis la naissance de son fils lui avaient paru appartenir davantage au destin personnel qu'à cette espèce d'entreprise autorisée mettant tout en jeu, famille, allocs, commerce, immobilier, travail.

Les femmes avaient inventé une nouvelle façon de se prendre pour des femmes. Elle le voyait bien en allant chercher Quentin à l'école. Le trottoir (protégé sur cent mètres de long par des barrières destinées à empêcher le stationnement des voitures, surtout celles contenant une bouteille de gaz bourrée de vieux clous) était peuplé d'une escouade de femmes se prenant pour des femmes, sûres de représenter l'absolu bon droit. Elles avaient toutes des tronches d'associations revendicatives. Elles voulaient toutes « être sûres de ce qu'il mange ». Qu'allaient-ils devenir, tous ces gamins, chargés, saturés, bourrés jusqu'à la gueule du bon droit de ces gorgones, devenus leur bon droit lui-même et leur bien-faire, devenus à la fois leur but et le moyen d'y parvenir, réduits à n'être que la preuve qu'ils mangeaient bien, travaillaient bien et s'épanouissaient ? La fille du restaurant, la blonde au saroual, finirait par entrer dans ses meubles avec le garçon docile. Elle commanderait une machine à laver chez Darty, le trimballerait chez Ikea un samedi après-midi. Il y aurait beaucoup de monde, trop de monde. Ils achèteraient un canapé, des accessoires pour la cuisine, une pendule pour le hall. Trois mois plus tard elle parlerait de « mettre un bébé en route ». Elle aurait coché sur son calendrier des dates de règles et de congés à prendre.

Il fallait fuir.

Elle se décidait à rentrer, s'enfermait à double tour, se déshabillait, portait près de son lit deux ou trois trucs à bouffer, puis, dans l'obscurité incomplète à cause des volets ouverts, pelotonnée sous sa couette, les mains l'une sur l'autre serrées entre les cuisses, elle attendait le sommeil.

Elle avait voulu jouer, et elle avait perdu. Elle n'était pas de taille. Rien d'étonnant à ce qu'elle ait pu demeurer aussi longtemps auprès de François. À la lumière de sa confrontation avec Will, François n'avait plus rien représenté d'autre que son échec, tout ce qui en elle-même la faisait pleurer de rage. Il avait été condamné. Will demeurait dans sa tête comme une humiliation. Il était dans la vraie vie. Elle n'y avait pas été admise. Qu'est-ce qui manquait ?

L'amour malheureux portait condamnation de toute une existence, d'une complexion, d'un être. Elle était responsable, elle seule ; elle était le procureur et l'inculpé. Elle non plus ne se doutait pas de la similitude entre sa réaction et celle de François.

De plus en plus, je me demandais... Je ne me demandais pas, je soupçonnais, qu'elle se trompait sur Will, exactement de la même façon que François se trompait au même moment sur elle. Will a disparu de cette histoire, je ne suis pas parti à sa recherche. Je pense seulement, et je préfère en rester à ce soupçon, que loin d'être aussi clair dans sa tête qu'elle se le figurait, il allait chercher des fessées auprès de la grosse Virgine. Plus je songe à lui, plus je tente de me le représenter, de le camper, plus je pressens chez lui une faille de ce côté-là. Ce qui lui avait fait peur, c'était le désir d'Anielka, la réalité d'Anielka, le dévoilement de sa propre vie au miroir d'Anielka, et ça devait vraiment lui flanquer la panique, il devait y avoir quelque chose d'énorme, parce que dès qu'il en avait senti la possibilité, c'est-à-dire dès le début, Will avec ses yeux vairons et son enfance à géométrie variable, avait pris les devants et commencé à taper comme un sauvage. Moins que de domination, comme je l'avais cru, sa stratégie était d'autodéfense. Ressources : un regard incisif, et véridique. Enjeu ? Inconnu. Faut-il l'ajouter ? je n'étais pas mécontent de pouvoir dire cela de lui, de n'être plus dupe de son jeu.

Mais en décembre, en janvier, Anielka n'a pas encore fait ce chemin, elle est encore sous l'impact, sous influence, elle n'a pas replacé Will à la bonne distance.

Elle passa Noël avec Quentin chez son frère, celui qui avait trois enfants. Joanna fut également de la fête. Les enfants eurent les cadeaux qu'ils avaient commandés : des consoles de jeux électroniques, des « robots transformers » humanoïdes, qui par un système ingénieux d'articulations, une fois qu'on avait entré la tête dans les épaules, retourné les bras, fait pivoter la taille, devenaient des engins intersidéraux. La grand-mère Joanna avait préféré se charger des livres, histoires terrifiantes en collection de poche, albums documentaires illustrés sur l'Égypte ancienne ou l'évolution d'une ville à travers les âges. Dans ce dernier cas, la ville moderne était la plus pimpante et jolie, le couronnement de tout, avec des monuments anciens soigneusement nettoyés et mis en valeur, des Abribus, des bacs à fleurs, des aires de jeux, des allées réservées pour les voitures, toutes sortes d'équipements collectifs rassurants et protecteurs. On sentait qu'on avait la chance de vivre dans une époque merveilleusement attentive à tout améliorer.

On mangea suivant la tradition polonaise, bortsch à la betterave, harengs arrosés de vodka, cèpes séchés, carpes frites servies en gelée, koutsias à la lituanienne, gâteaux roulés au miel, noix et pavots, puis l'indispensable compote de fruits secs. Un couvert était mis pour le convive imprévu qui pourrait venir frapper à la porte. Anielka se força à manger pour ne pas faire de peine à sa mère, mais toute cette galimafrée polaque lui donnait la nausée ; elle avait pris deux kilos depuis Candville, elle détestait ses bras, ses hanches.

Le temps fuyait à grande vitesse, l'éloignant de tout. Depuis si longtemps, Will... En janvier elle se crut en mars, accroissant ainsi le temps gâché, la durée de l'abandon et son caractère définitif.

Qu'est-ce qui l'avait faite ainsi ? Cette question lancinante, martelante, à travers laquelle elle endossait la responsabilité complète de ce qui lui était arrivé, se servant de son désarroi pour s'accabler davantage, est la question qui la définit, à laquelle il faut répondre pour la comprendre. Eric, François, Will : trois histoires d'amour, trois manières différentes de se fourvoyer. Elle se heurtait à elle-même, elle était le premier obstacle à sa propre vie.

Ce mal qui veut désormais qu'on l'éprouve. Au fond, ce qu'elle accueillait à présent comme une souffrance ouverte, elle l'avait connu depuis longtemps comme un malaise. On refoule la souffrance. Puis un jour on lui ouvre la porte. Cette douleur en elle ne semblait que la redite, le réveil d'une autre douleur, très ancienne et très oubliée, qu'il lui semblait reconnaître comme après des années on reconnaît une odeur ; elle la reliait à ce que faute d'un mot plus clair il faut appeler le destin.

Qu'est-ce qui l'avait faite ainsi ? Elle sentait son père en filigrane en elle, un être dans un autre. C'était comme s'il l'avait prédestinée, comme s'il avait imprimé au plus profond de sa conscience un message, une prophétie, bornant par avance la vie accessible, sans que cette délimitation inclût ce dont elle aurait eu besoin pour vivre. Elle était derrière une vitre, pleine des vaines aspirations que sa nature lui dictait tout en l'empêchant d'y répondre. Il y avait dans sa complicité avec lui, en toile de fond, en référence, un réservoir de passion, de douleur, 1832 et les Czartorisky, 1939 et la cavalerie

275

écrasée par les chars allemands, les pèlerinages, l'Église souffrante et combattante : du Corneille. Joseph lui avait offert un monde compté, pesé, divisé, où tout se présentait dans un système analogue aux antithèses et aux conflits cornéliens : un monde qui comportait des menaces et des refuges, des malheurs et des réconforts, un Bien et un Mal évidents : autrefois et aujourd'hui; là-bas et ici; l'Est, l'Ouest; le communisme, la liberté; la Pologne asservie, le combat de Walesa.

Elle se figura qu'elle en avait, sans le savoir, tiré une attitude et un comportement. Elle considéra qu'elle avait recherché dans l'amour cette complicité et ce système d'opposition. Elle avait conçu l'amour comme un binôme, qui se forme en s'isolant dans une certitude réciproque. Le lien amoureux édifiait un sanctuaire, un abri et un rempart. Deux cœurs contre le monde entier. Les autres étaient d'accord avec la vie. Eux. Elles. Ils en avaient l'air. Anielka n'avait jamais été d'accord de cette façon-là. Elle avait été d'accord avec son père, avec François, avec telle ou telle amie, mais toujours dans une logique d'opposition. Avec Will, pour la première fois, elle avait cherché la dissémination, connu le désir et le défi d'être où l'on n'est pas, celle qu'on n'est pas. Elle n'y parvenait pas. Il l'aurait fallu pourtant. Elle était prisonnière.

« On ne sort pas de son enfance, me disait-elle des mois plus tard. On est plusieurs êtres successifs et cependant toujours présents. Durant mon histoire avec Will, j'ai vu revenir tout ce que je croyais révolu, dépassé, les peurs, tout ce qui horrifie, qu'on refuse en secret, ce qui vous met la panique... J'étais encore la petite fille de sept ans qui va avec son père s'incliner devant un monument polonais... La petite fille de douze ans qui lit du Corneille... J'étais ces deux-là, cachées derrière celle qui a l'air d'être comme tout le monde... Je me rappelle un détail étrange. Vers treize ou quatorze ans, j'avais un gilet de laine, à carreaux, que j'ai traîné long-temps, jusqu'à ce qu'il soit usé. Eh bien, après cette histoire avec Will, lorsque je me revoyais avec lui, je me représentais portant ce gilet... Comme si tout ce qui me paralysait, me terrori-sait était représenté par ce gilet... À quatorze ans je me trouvais trop grosse; eh bien j'étais encore une grosse, engoncée dans sa chair et dans son gilet. »

À cette lumière (si l'on admettait que la logique reconstituée par Anielka fût plausible, et représentât vraiment la réalité – ce qui n'est jamais sûr, car tous les récits sont douteux, tous les récits sont des reconstructions a posteriori),

277

à cette lumière, donc, qui était aussi la lumière projetée par les questions et les diagnostics de Will – on pouvait deviner le jeu (la stratégie) de François. Qui nous dira ce qu'il y a dans l'amour de manigances, de manipulation ? Où est la vérité des sentiments ? François s'était adressé à la petite fille parce que la femme lui faisait peur. Il avait cherché à reconstituer autour d'elle, à son profit, l'édifice de Joseph. C'était sur cela qu'il avait misé pour l'avoir et la garder. Il détestait sa liberté.

« Il voulait tout savoir de ce qu'avait fait mon père, il le cherchait à la trace à travers la guerre, l'armée Anders, le massacre de Katyn, puis en Italie au monte Cassino... Et chaque fois, c'était l'occasion d'installer à nouveau ce Bien et ce Mal bien lourds, bien probants, bien évidents... Comme s'il me devait ça... Comme si je devais ça, moi aussi. Comme s'il y avait une dette. Je crois que je lui en ai voulu de s'être emparé de ça, de me flanquer là-dedans... De recréer un truc avec mon père... C'est mon affaire, ça ne regarde personne... En définitive, je n'ai peut-être pas eu par hasard une histoire avec un type genre communiste... »

Elle en arrivait à envier Annick-Aurore. Celle-là au moins était fantasque, débordée, angoissée, problématique, incompréhensible.

Ce n'était pas ridicule de se rebaptiser Aurore. Pas plus ridicule que de s'être laissé baptiser de ce prénom voyant qui la voulait Polonaise, de ce prénom de victime sacrificielle qui la faisait l'héroïne d'un grand drame bien pathétique, avec persécutions, exils, fidélité, bravade de David contre Goliath.

Et en même temps il lui arriva de se voir, là, telle qu'elle était, dans le présent, et Joseph lui manquait, il était intolérable qu'il ne fût plus là. Elle se voyait au bord d'un gouffre sans parapet. Entre elle et le néant du temps manquait sa présence solide. Elle aurait voulu retrouver Joseph et qu'il l'emmenât à nouveau voir *Quo Vadis* au Rex, un jour d'été, elle avait onze ans alors, et ç'avait été pour eux deux le plus merveilleux film de la terre.

*

Soirs de Paris, lumières, gaieté environnante. Jeux du désir. Sa conscience et sa chair comprenaient désormais la force du fleuve et le désespoir de rester sur la rive; elle sentait ce que sentent les mendiants et les amoureux délaissés. L'envers existe, l'envers de tout ce que nous voyons, tout ce dans quoi nous vivons à travers les jours. Il réside dans le désespoir, la maladie, la solitude, la misère, l'abandon, toutes les ago-nies. Mais nous préférons ne pas le voir et c'est cela aussi l'enfer : n'être plus vu ni regardé.

Elle n'en voulait pas non plus. Nulle solida-rité ne lui venait à l'esprit devant les autres nau-fragés. Nous faut-il le bonheur pour éprouver la compassion ? Elle rêvait de parler à nouveau le langage de tous, de répéter ce qu'ils disaient, de rire des mêmes choses, de s'animer pour les mêmes choses, d'être idiote avec eux, du moment que cela réchauffe, qu'est-ce que cela fait de s'y perdre ?

Un samedi après-midi, sur les boulevards, elle eut le sentiment d'être dans une ville étrangère. Tous ces gens lui étaient étrangers. Ils ne la voyaient pas, ne la connaissaient pas. Elle ne comprenait pas leur langue. Et si cette ville n'avait plus d'intérieurs ? d'appartements ? Rien que des rues, des façades, des vitrines, des lumières. Et des passants pressés, arrogants ou humbles, contents ou pas. Plus d'intérieurs. Pas une porte ne s'ouvrira. On ne connaît aucune adresse et aucun digicode. Les numéros de télé-phone sont tous sur liste rouge. Pourtant il y a bien des gens. On peut voir, en levant à la nuit tombée les yeux vers les fenêtres, les pâtisseries des plafonds, les étagères. Elle n'était plus dans ces appartements. Elle n'était plus dans la maison de Sophie. Elle n'avait plus rien à faire chez François ni chez Will.

Pas d'envers, pas d'intime, rien que le spectacle et le bruit. C'est l'idée de cette ville que beaucoup de gens doivent avoir, l'émigrant, le sans-domicile fixe.

Les migrants, les gens de souche. Ceux de la souche s'accrochaient à la souche. Ils s'y accrochaient parce qu'ils étaient déjà déracinés, parce que, en ce monde, nous ne sommes jamais que des émigrants.

Elle s'étonnait : étrangère, alors qu'elle avait passé à Paris l'essentiel de sa vie ? Est-ce que l'émigration des siens pouvait encore se faire sentir alors qu'elle avait vécu dans cette ville les moments les plus importants de sa vie, ce qui n'est rien, mais aussi mille et mille souvenirs quotidiens, des cinémas, des visites, des promenades ? Était-il pensable que les désarrois de sa grand-mère maternelle, débarquée vers 1910 dans les corons du Nord, lui eussent été transmis ?

Là-bas, à l'autre bout de l'Europe, la Pologne à présent se ruait de l'église au supermarché, consommait de la vidéo américaine. La Pologne s'efforçait de séduire l'Europe. La Pologne en certaines couches profondes regrettait le communisme. La Pologne environnait Auschwitz. La Pologne était tentée de s'en prendre aux Juifs. (Anielka n'avait guère entendu son père évoquer les Juifs. Il était prisonnier en Union soviétique au moment de l'insurrection du ghetto de Varsovie. Mais n'y avait-il pas dans ce silence une autre dimension, d'indifférence, de tradition familiale ?) La Pologne messianique se perdait en élections démocratiques et en jeux partisans. La Pologne venait de réinterdire l'avortement. « N'empêche que s'ils veulent entrer dans l'Europe. » Will avait une théorie sur ce sujet : « Le Vatican a compris le premier que pilule plus avortement plus bricolage génétique égalent désacralisation de l'humain. Exactement ce que veut la Marchandise mondiale, à l'arrivée. Donc l'Église est une forme de résistance, évidemment archaïque. Comme les intégrismes. Le problème de notre temps est que la résistance soit archaïque : catholiques, communistes, monarchistes, fachos. Les masses occidentales foncent vers l'hédonisme de la marchandise. Qui les tuera, mais ça ne fait rien. Il manque une résistance qui n'impose pas Dieu, ou le Chef, ou la Lignée, ou la Race, mais qui impose l'homme. Ce sera nous. Mathématiquement ce sera nous, ça nous désigne. *Nous sommes ce qui vous attend.* »

La Pologne donc réinterdisait l'avortement, et « relançait le débat » sur le général Jaruzelski. Son coup d'État n'avait-il pas préservé le pays d'une intervention directe de l'armée soviétique ? Personne n'est jamais d'accord sur le récit de rien. Ce pays depuis le fond de l'histoire habillé et déshabillé d'un costume d'Arlequin, dépecé, démembré, reformé, labouré d'invasions et de déportations, chair sempiternellement offerte à tous les Pygmalion, les apprentis sorciers, les reconstructeurs de mondes, s'arrangeait toujours pour n'être d'accord avec rien, pour n'entrer dans aucun moule. C'était le pays de l'éternelle opposition – mais au nom de quoi ?

Se pouvait-il que les inquiétudes, les espérances, les troubles de ce pays, à distance, retentissent en elle, ébranlant les fondations du passé et l'identité présente, ne faisant qu'un avec ses propres troubles, ses propres inquiétudes – les deux n'étant qu'une même vibration, l'effet d'un même trend imperceptible et profond ? Fallait-il entre les successives impossibilités polonaises et les successives impossibilités d'une vie de femme, aujourd'hui, dans Paris, supposer un lien, une correspondance – le procès en appel

283

que Will, à sa manière, intentait au siècle avec son idée fixe des miroirs à venir?

Un samedi après-midi, où elle ne se décidait pas à rentrer chez elle, ses pas la menèrent vers la gare de l'Est.

23

Rencontres que fit Anielka
dans un endroit désert
très loin d'ici

La lumière était pauvre, l'air froid. La longue façade claire de la gare semblait atteinte d'onglée. Tout, alentour, les taxis, les passants, paraissait supporter la vie comme elle était.

Elle entra dans le bâtiment, traversa la salle des pas perdus, gagna les quais, indifférente à la foule qui entrecroisait autour d'elle ses trajectoires impératives.

Elle n'a tué personne. Je comprends Simenon et Boileau-Narcejac. Rien comme un cadavre ne donne la profondeur. Mais enfin, elle n'a tué personne, Anielka. Elle marche dans la gare de l'Est, sans ressource, décrochée de tout.

Elle longea les extrémités de quai jusqu'à un train un peu bizarre, fait d'un attelage de wagons de plusieurs pays. Il y avait deux ou trois rames dites « corail », puis d'anciens wagons à compartiments, de couleur militaire, puis tout un bric-à-brac, une collection de voitures d'aspect exotique, portant des inscriptions allemandes, tchèques ou bulgares ou russes. Au hasard, elle monta dans le septième wagon et s'assit dans un compartiment vide, sans lumière.

Le train se mit en marche au bout d'un quart d'heure environ, sans que personne ne soit venu prendre place près d'elle. Il traversa d'abord les interminables banlieues, ces kilomètres de HLM, de rocades, d'étendues ferroviaires, de parkings à conteneurs et de Castorama qui sont le legs du siècle, qui l'incarnent. Elle se leva, ferma la porte coulissante, abaissa les rideaux, se rassit et presque aussitôt s'endormit.

On ne sait combien d'heures elle dormit. Aucun contrôleur ne vint lui demander son billet. De temps en temps, ses yeux s'ouvraient sur des campagnes parsemées d'édifices de brique. Le jour persistait, bien qu'on roulât vers l'Est. On franchit un fleuve sur un pont métallique ; il lui sembla voir des soldats sur la berge, en dessous, leurs bardas posés dans les pierres, lavant des chaussettes ou fumant. Puis on s'enfonça dans des forêts. Le compartiment sentait le vieux cuir, les pieds et le tabac. Y avait-il d'autres voyageurs ? Dormaient-ils, étaient-ils descendus ?

Vinrent des plaines, d'immenses labours, des

horizons rayés de lignes à haute tension. Çà et là se dressaient des hangars métalliques, des maisons isolées à l'aspect minable, certaines ornées d'antennes paraboliques. Elle finit par descendre à son tour, dans une gare de dimensions restreintes, un joli bâtiment de briques vernissées longé par une vaste marquise de fonte et de verre dépoli. Une boîte à lettres tarabiscotée avait pour emblème une trompe de chasse.

Au-dehors, les rails et les fils du tramway s'étendaient par les avenues vides. La lumière insuffisante était la même, sous le ciel gris, qu'à l'heure de son départ.

Elle emprunta une avenue qui s'éloignait en direction d'une église de brique, à un kilomètre de là. Aux maisons anciennes qui la bordaient succédèrent bientôt, de part et d'autre, des espaces de verdure sales et pelés, que protégeaient illusoirement des grillages hauts d'une trentaine de centimètres. Un tas d'ordures s'était formé; elle y vit, entre autres choses, un chariot de supermarché, rouillé et tordu, ainsi qu'un écran d'ordinateur tourné vers le ciel comme un œil crevé. Un peu plus loin, sur un mur, des affiches déchirées représentaient encore un marteau et une faucille; des croix gammées avaient été peintes à la bombe.

Au bout d'un quart d'heure elle arriva enfin face à l'église, de style baroque. Des volutes enserraient comme des presse-livres le niveau supérieur de la façade. Deux clochers, à l'arrière, surmontaient l'édifice, terminés par des toitures en bulbes quadrangulaires.

Au-devant, au centre de la place, sur un piédestal d'où quatre masques avaient jadis craché de l'eau dans un bassin, s'élevait une colonne torsadée comme il s'en trouve dans les villes d'Europe centrale; mais rien, ni croix de bronze, ni saint Jean Baptiste, ni Sainte Vierge, ne surmontait plus le tailloir.

Elle détourna le regard vers un panneau publicitaire, à sa droite, fixé à un échafaudage métallique. Un dessin en perspective cavalière figurait le réaménagement futur de cet endroit. Les arbres d'alentour étaient replantés, le pavage refait; une coquette station de tramway s'élevait sous les frondaisons. Des pourcentages détaillaient le financement des travaux et ses sources.

C'est alors que surgit face à elle, à quelques mètres, un singulier personnage.

C'était un homme d'environ cinquante ans, aux cheveux gris bouclant sur la nuque. Il portait un pantalon de toile claire, sale et déguenillé. Les pieds et le torse étaient nus. La carrure était trapue, musculeuse. Les yeux abîmés paraissaient voir tout de même. Était-ce la proximité de la fontaine et de la façade baroque ? Il la fit songer aux allégories des anciens monuments, fleuves du Bernin, esclaves des tombeaux. L'épiderme présentait les lésions, les plaques, les purulences que fabrique la misère. Elle pensa qu'elle aurait dû éprouver crainte et répulsion ; pourtant elle demeura immobile, le laissant s'approcher.

Les yeux la voyaient-ils ? Elle ne put le déterminer, mais l'homme, s'arrêtant à trois pas, prononça son prénom.

De tout ce qu'il lui dit dans les minutes qui suivirent, elle ne parvint ensuite à se remémorer que des bribes, flottant sur un discours qui dans l'instant lui avait paru lumineux, empreint d'idées supérieures et inattendues, mais qui, rétrospectivement, lui semblait impossible et confus, comme sont les paroles entendues en rêve. Elle ne s'étonna pas que ce personnage lui révélât avoir été toute sa vie *un atlante*.

Il ressortait de son explication que les atlantes, qu'on appelle aussi « télamons », avaient formé naguère dans toute l'Europe une sorte de corps d'élite, quasi militaire, spécialisé dans le soutènement des ponts, des clochers, des universités, des bibliothèques, des palais, des ministères, des gares, des bâtiments de poste. Après la Seconde Guerre, les atlantes avaient été collectivement licenciés; on leur avait fait l'aumône de misérables pensions. L'ingratitude des nations avait été immense.

« Nous étions tous de modeste origine, et c'était une fierté, un apostolat, que de faire partie des atlantes. Vous ne pouvez pas imaginer la rigueur, le sens du devoir, la noblesse de cœur et d'âme qui régnaient parmi nous. Nous avons accueilli à Versailles les ambassades de Russie et de Constantinople; nous avons veillé sur le congrès de Vienne et sur la jeune Société des Nations. De Pétersbourg à Lisbonne, de Copenhague à Syracuse, nous formions un grand corps uni, fraternel, solidaire; les rois et leurs ministres pouvaient compter sur notre loyauté.

« Mais nul n'a plus besoin de nous. Qui veut encore du dévouement, de la fidélité, de la loyauté, du courage des atlantes ?

« Quand nous eûmes été renvoyés, je décidai de demeurer ici, dans cette ville qui a vu Copernic douter de Ptolémée, Lénine défier le czar, Sapieha résister aux nazis, Wizsinsky braver le Kremlin... »

Elle doutait pourtant de s'être trouvée à Cracovie; par ailleurs, le panneau annonçant les travaux de réaménagement lui rappelait quelque chose qu'elle avait vu dans le nord de la France.

Qu'est-ce que cela voulait dire? Il lui semblait se trouver dans une mise en scène conçue par Will.

À cet instant ils furent rejoints par une seconde apparition.

C'était une femme, âgée d'environ soixante ans. Les cheveux gris mal entretenus tombaient librement sur les épaules, enveloppées d'un châle troué où disparaissaient les bras et les mains. Ses traits grimés par l'âge avaient dû être beaux. Ses yeux bleus semblaient déteints. Un tic agitait sa pommette.

Formait-elle avec l'atlante un couple clochard, rassemblé et soudé par la nécessité? Elle se plaça près de lui, en tout cas, comme une épouse ou une compagne.

Et cette femme lui dit de fuir; que sinon, *ils* lui prendraient tout. Qui désignait ce « ils »? sur le moment, ce n'était pas une question; Anielka identifiait la menace. Elle devait fuir. « Sois désormais sans nom. Utilise les noms, mais n'aie plus jamais de nom. » Elle trouverait son vrai nom, un jour, mais l'heure n'avait pas sonné.

La femme parlait à voix pressée, le regard ardent braqué dans ses yeux, un peu comme une fugitive qui, s'attendant à voir surgir ses poursuivants, se fût hâtée de communiquer un message d'une extrême importance.

« Il faut fuir, Anielka, sans quoi tu seras tuée. Ne regarde pas en arrière. *La guerre t'a léguée à la paix, l'exode t'a fait naître dans l'exil.* Demeure insaisissable ! »

Anielka eût aimé en savoir davantage, mais la femme, déjà, dérivait sur un autre sujet. « Ta famille polonaise a fait de moi une nonne, tu entends ? Une nonne. Je n'étais qu'une vierge ignorante et pieuse, pétrie de peur, hypnotisée. Si tu savais comment ils ont abusé de ma peur, pour couper mes cheveux et me revêtir de l'horrible robe grise ! J'ai cru que le communisme allait me sauver : on ne jetterait pas la pierre à celle qui avait renié ses vœux. Mais beaucoup étaient restés fidèles à l'ancien ordre, et ils me méprisèrent. Ils dirent que je collaborais. Je devins, pour subsister, la créature d'un homme qui me méprisa lui aussi. Fuis-les. Fuis-les tous. Ils te prendront tout. »

La suite devait demeurer confuse dans son souvenir. Il en résultait qu'elle ne devait pas se laisser voir, qu'elle devait à son gré parler plusieurs langues, être plusieurs femmes. Tout se brouillait, se déformait et se métamorphosait autour d'elle. Le décor changea. Elle se trouva nue, debout dans un espace polygonal formé de plusieurs miroirs; mais sa nudité ne s'y reflétait pas. Dans chacun de ces miroirs, elle apparaissait revêtue d'un costume différent : veuve d'autrefois aux voiles noirs, créature de sex-shop parée de satin et de cuir, jeune fille en robe à fleurs et chapeau de paille, Parisienne de la Chaussée-d'Antin en tailleur et talons mi-hauts.

L'obscurité tomba; un grondement de train qui depuis quelques instants se faisait sentir, se rapprocha, enveloppa, noya, emporta tout.

D'une dernière affirmation de la vieille, il résultait que Will, seul, avait su l'aimer.

24

Annick-Aurore

La scène se passe chez Anielka, place du Dr-Félix-Lobligeois, quelques semaines plus tard. La nuit est tombée, la lampe hallogène réglée au minimum respecte la pénombre; on aperçoit par la fenêtre la façade éclairée de Sainte-Marie-des-Batignolles.

Dans un coin du séjour sont empilés la couette et l'oreiller prévus pour que l'invitée puisse dormir. Sur la table, les restes d'un dîner vite fait, houmous, saumon et mâche nantaise, pain campagnard. Dans le lecteur de disques, en sourdine, un concerto de Liszt.

Douchée, rassérénée, Annick-Aurore est assise par terre sur un coussin, en peignoir de tissu éponge, le dos appuyé au canapé où se tient Anielka, vêtue d'un pull à même la peau et d'un pantalon collant gris, les pieds nus, jambes repliées en tailleur.

Annick lui a téléphoné deux heures plus tôt, en pleurs. Gros cafard, mégacrise, flip d'enfer et chute à pic. « J'en peux plus. Ça va plus. J'me comprends plus. »

– Tu as envie qu'on se voie ? Viens dîner chez moi, si tu veux.

– C'est comme s'il y en avait une autre, tu comprends ?

– D'accord, mais réponds : tu veux passer chez moi ? Tu me raconteras.

Réponse désarmante :

– Il faut que je demande la permission à Gérard.

Suite à quoi, une demi-heure plus tard, la très émancipée Annick, alias Aurore, munie du viatique marital, est venue s'abattre chez Anielka.

– Je lui ai dit que c'était ton anniversaire. Je ne veux pas l'inquiéter. S'il se doutait !... Je suis folle, Anielka, complètement frappée, et en plus je suis une conne.

Et là-dessus, crise de larmes.

Cette fois-ci, c'est à un sculpteur qu'elle s'est attaquée, rencontré lors d'un vernissage. « Enfin on ne dit peut-être pas vernissage pour les sculptures, je n'en sais rien. » Qu'importe cet insolite scrupule lexical : elle te lui a fait un rentre-dedans dont il se souviendra. Comme quoi elle voulait être dessinée et modelée par lui. Qu'elle n'était rien, qu'elle rêvait d'être sa matière première. Galatée devant Pygmalion. « Non mais, tu te rends compte ? Tu te rends compte ? » Le plus curieux de l'affaire, et peut-être le plus humiliant, c'est que le type n'a pas cherché à en profiter. Il semblait plutôt avoir pris peur. Il l'a raccompagnée chez elle en voiture, et l'a congédiée d'une petite tape amicale sur le genou : « Cool, miss Aurore, cool ! »

Effondrée sur le canapé, elle commentait en hoquetant :

– Tu comprends – c'est comme si – je ne pouvais pas m'empêcher – c'est une autre qui agit... – Ça me fait peur. Anielka, je suis mytho, nympho-compulsive, je sais pas quoi, tout ce que tu veux...

Anielka s'est employée à la calmer, l'a expédiée vers la salle de bains, a apporté le saumon et la mâche, ouvert une bouteille de champagne. Et maintenant, Annick-Aurore parle ; se raconte, s'explique. Se confie. Après la crise, grâce à la crise, elle peut parler, dans l'intimité d'une autre fille. Et du coup, Anielka peut aussi libérer des pensées, des questions contenues. Cela fait du bien. C'est une fête. Ce soir, elles s'occupent d'elles. Elles s'octroient ce plaisir savoureux comme s'il était volé.

Et Annick-Aurore parle, reprend tout de loin.

« Autrefois, je croyais que ce qu'il y avait de merveilleux dans l'amour, c'était de rencontrer la personne qui vous devine. Remarque, à certains points de vue, c'est excitant, mais ce qui est encore mieux, c'est quand l'autre ignore tout. Si bien qu'on peut, je ne dis pas mentir, mais arranger. Qui a envie d'étaler ses échecs, son malaise, son marasme ? Et l'autre, à un moment donné, est prêt à tout croire, à juger tout sublime, passionnant, si bien qu'on redevient tout neuf. On finit par s'imaginer qu'on est vraiment cet être que l'autre admire. C'est beaucoup mieux qu'une psychothérapie. C'est un peu comme cette pub pour une voiture, qui se termine en disant : Vous êtes formidable. »

Elle cherche et trouve les cigarettes, en allume une, souffle, ramène ses genoux vers elle, les entourant de ses bras. Anielka l'écoute, sans savoir ce qu'elle en pense. C'est toujours un plaisir d'écouter Annick. Elle a une jolie voix, et une façon bien à elle d'exprimer les choses. Elle a beau proclamer qu'elle est une conne, c'est finalement de moins en moins sûr. La seule connerie, au fond, n'est-ce pas l'insincérité ?

— Évidemment, c'est à double tranchant,

mais est-ce qu'on n'a pas le droit de décider un peu qui on est ?

Et il ressort de ses longues confidences que c'est un droit dont Annick-Aurore ne se prive pas d'user et abuser.

Quand avait-elle commencé ? Cela avait dû être progressif, imperceptible. Elle avait un peu arrangé, gommé, donné le coup de pouce. Tout le monde fait ça. Puis elle y avait pris goût.

Deux ou trois ans plus tôt, elle avait dit à une collègue avoir couché avec un homme rencontré la veille, sans préambule, un café ensemble et au lit. Le coup de foudre sexuel. « Non mais c'est complètement taré, tu vois, je ne sais pas si ça t'est arrivé, ce genre de truc, mais moi jamais... » La collègue avait-elle cru à son histoire ? Pas sûr. Peu importe d'ailleurs : Annick, elle, s'était mise en tête de faire correspondre la réalité à la fiction.

Elle n'avait pas eu trop de mal à trouver un candidat, auquel elle avait dit : « Je m'appelle Aurore. » Voilà, c'était parti.

— Et tu as vraiment couché avec lui ?

— Je te dis pas le truc minable... Il a mis une demi-heure avant de réussir à bander. Pas si évident qu'on croit, le désir. Même chez les mecs. Remarque, ce n'était pas sa faute, j'étais froide comme un nez de clebs.

Tant bien que mal, ils étaient parvenus à quelque chose qui ressemblait à un coït, et elle avait eu son histoire, quitte à en repartir cassée pour huit jours. Elle avait enfoui cet épisode, elle ne voulait plus y penser, mais le besoin de fabulation n'en avait pas moins crû et embelli, au point d'imprégner son existence entière. Ainsi avait-elle pris l'habitude d'accréditer autour d'elle une certaine idée de son mari, de son couple, de leurs rapports, à telles enseignes qu'elle renonça pratiquement à jamais inviter une collègue à dîner : le décalage se serait vu. En réalité, Annick se pelotonnait auprès d'un mari genre nounours, qui décidait à peu près de tout dans la maison, elle n'eût pas fait cuire un œuf sans lui demander conseil.

Le changement de prénom résumait l'essentiel. Annick, Aurore : Aurore faisait tout un peu mieux. Question d'éclairage. De langage, aussi. Annick partait pour la campagne en fin de semaine : Aurore allait « se ressourcer ». Annick pouvait se faire tirer, entre treize et quinze heures, à l'hôtel Baladin, par le caissier de la BNP voisine; Aurore « vivait une relation charnelle intense avec un homme qu'elle ne connaissait presque pas ». (Le caissier, qui redoutait que sa femme ne découvrît quelque chose, était en revanche sommé de croire que le mari d'Aurore savait tout et trouvait ça parfaitement naturel, voire souhaitable, voire excitant.)

Car bien entendu, le terrain d'élection de ces forfanteries était le sexe :

– Forcément, soupire-t-elle. C'est le domaine hyper-valorisant par excellence, et puis personne ne peut aller vérifier... Quelle connerie, putain...

Son regard se perd devant elle, sur des songes qu'on ne connaîtra jamais. Puis, soudain ragaillardie :

– En fait, je comprends plein de trucs sur moi en ce moment. Je n'ai jamais réussi à admettre que l'existence est forcément imparfaite et inaboutie. Il n'y a pas de plénitude, et pourtant on en voudrait. C'est aussi bête que la pub. La pub montre notre vie, mais toujours un ton au-dessus. Tu es toujours avec des amis adorables, tu bouffes des apéricubes savoureux dans un jardin fleuri. C'est jamais ton con de beau-frère qui s'incruste et les mômes qui n'ont pas pris leur bain... C'est jamais le mari qui te tripote pendant les infos sur la Yougoslavie, c'est un beau mec brun musclé qui vient respirer ton parfum dans une salle de bains tout en marbre, et la chambre est toute vaporeuse de voilages et de soie... Regarde bien, tu verras jamais une pub de bagnole qui montre un embouteillage, jamais ! Alors dans la vie on est frustrés, on voudrait que ça ressemble.

À plus ample informé, les récits avantageux n'étaient pas tout à fait une nouveauté dans sa vie. C'est vers l'âge de sept ou huit ans qu'elle avait inventé Aurore, petite fille exceptionnellement vive et délurée dont les insolences et les audaces la faisaient acclamer par tous ses camarades d'école, après quoi sa générosité irrésistible lui valait le pardon des grands : n'avait-elle pas, au terme d'une rocambolesque aventure, fait adopter par les habitants de son immeuble l'ensemble des pensionnaires, promis à la piqûre, d'un chenil de la SPA ? Innocentes et compensatoires rêveries d'enfant ; mais Annick, à trente et quelques années, n'avait rien celé à une jeune stagiaire du Printemps concernant les expériences sensuelles aventureuses à quoi elle s'était livrée dans les premiers temps du minitel. Oh, « elle avait arrêté depuis ». « Ça devenait limite. » En réalité, elle avait bel et bien branché un couple black sur messagerie, pour amusements à trois ; après quoi, s'étant bien gardée d'aller au rendez-vous, elle avait tremblé pendant une semaine, à l'idée qu'ils pourraient retrouver son numéro.

Elle avait fini par prendre peur au milieu de ce palais des glaces, et s'en était allée consulter un psychothérapeute. Au bout de deux séances, elle avait dû renoncer :

– C'était dingue... C'était n'importe quoi...

– Tu veux dire que tu continuais ?

– Oui ! Des bobards insensés... Non mais je suis dingue, Anielka, je suis dingue. Alors tu parles, ces gens, c'est leur métier, ils en voient, du monde... Je me suis dit, encore une séance et il comprendra le vrai problème... (longue pause). Mais merde, aussi ! Merde ! Tout le monde me connaît, tu vois ! Entre mon mari, mes amis, le boulot, on sait tout... Et du moment qu'on sait tout de moi, c'est comme s'il n'y avait plus rien, plus de « moi » du tout. J'ouvre *Marie-Claire* ou *Famille Magazine*, et je me dis, voilà, cette connasse, là, c'est moi. Une bonne femme, voilà ce que je suis. Une bonne femme, une pauvre andouille de bonne femme. Je regarde la télé et, le lendemain, tout le monde a vu la même chose. Je pars en voyage et tout le monde y est allé aussi. Toi au moins tu as quelque chose de particulier, mais moi, je voudrais quelque chose à moi.

– Quelque chose de particulier ?

Anielka s'étonne sincèrement.

– Ben, je veux dire, tu n'es pas comme les autres. Tu mènes ta vie à ton idée.

– Tu crois que le merdier de mon existence,

302

ça présente un intérêt quelconque ? C'est enviable ?

– Enviable, je ne sais pas, mais quand je te vois, je me dis en voilà une qui sait ce qu'elle veut.

– Ah tu trouves...

– Mais oui.

– Pourquoi ?

– Parce que tu fous la merde. Moi aussi j'ai envie de foutre la merde.

Anielka se lève, ressert du champagne, revient les deux coupes à la main, en tend une à son amie et s'agenouille face à elle en souriant :

– Moi, je veux bien t'appeler Aurore. À la santé d'Aurore.

– Anielka, si on devenait deux semeuses de merde ? Et tu arrêterais de te désespérer à cause de ton Will. De toute façon il a peur des femmes, celui-là.

Leurs visages sont face à face et leurs regards se croisent. Aurore se mordille la lèvre inférieure, l'air coupable. Anielka hoche alors la tête comme pour dire : Ben quoi ?... Elles déposent alors leurs coupes et s'embrassent, sur la joue, au coin des lèvres, puis la bouche. C'est Aurore qui va plus loin, glisse la main le long de sa taille, passe sous le pull et remonte vers la poitrine.

– On commence à être bourrées...

– Oui.

Elles rient et s'embrassent de nouveau.

– Pour une fois, murmure Annick-Aurore,
qu'il se passerait vraiment quelque chose...

25

Elle et moi

C'est au début d'avril que je revis Anielka.

On néglige trop le mois d'avril. Il y a des mois forts, des mois chargés, août ou décembre, qui savent orchestrer la notoriété, vendre leur image, faire marcher les médias ; alors que le timide avril, avec son rhume, ses flaques, ses embellies et ses rechutes, ne retient guère l'attention. Il ramasse des bouts de soleil, les pique sur les épingles de la pluie ; il accepte le vent qui met un peu de désordre dans ses pollens, ses étoupes, ses duvets. Il pétrit la boue au pied des arbres et glane au soir des minutes de lumière ; il entend pépier les oiseaux dans les branches encore noires, au-dessus des dernières plaques de gelée matinale. Il traîne des relents d'hiver et tourne sa figure pâle vers les premiers rayonnements.

Nous nous étions donné rendez-vous à une

terrasse de café, boulevard du Montparnasse. Il faisait encore froid ; des parapluies chauffants étaient dressés parmi les tables ; la lumière s'attardait sur le boulevard humide, on pressentait la fin des jours sombres. Nous bûmes un verre, puis deux, puis la soirée se poursuivit dans un restaurant chinois d'une rue proche, dont le nom m'échappe. Et ce fut la première fois que je me sentis vraiment à l'aise devant elle et devant son histoire. Je n'avais plus aucun système ; je n'espérais rien conquérir, rien saisir, rien avoir. Je pouvais aussi bien finir la soirée là que m'en retourner illico. Ce n'était pas indifférence ; j'étais capable d'éprouver du plaisir ou de l'émotion ; j'étais seulement exempt de demande, d'attente, d'exigence. Pour la première fois Anielka, et François, et Will pouvaient être ce qu'ils voulaient, m'intéresser ou non, me dire quelque chose ou rien. Ils me demeureraient peut-être opaques ; leur accès, fermé ; leur désir, incompréhensible. Je me retrouverais seul, et alors ? Au mieux, je découvrirais de l'intelligible dans le monde, autour d'eux ; et peut-être dans certains de leurs comportements ; cela ne vaudrait que pour moi. Je m'en contenterais. Cela peut être beau, une langue étrangère que l'on ne comprend pas, une radio lointaine qui parle d'on ne sait quoi à on ne sait qui.

C'est vers ce temps qu'étaient apparus dans le langage courant les verbes « capter » ou « percuter » comme synonymes de comprendre, saisir, réaliser. J'avais lu cela sur une affiche : « Vous captez ? » Sur quoi insistaient ces nouvelles métaphores, l'une évoquant le flipper, l'autre fleurant le GSM ? Cela ne devait pas être bien difficile à décrypter ; à percuter. J'avais eu l'idée, nouvelle pour moi, de ne plus écarter a priori ce langage qui n'était pas spontanément le mien, de l'envisager avec bienveillance, de ne pas me tenir à part. Il était possible de l'adopter tout en gardant son quant-à-soi, d'expérimenter un *queer* linguistique, en somme, un abandon provisoire d'identité, plus ou moins consenti, accompagné, contrôlé. En réalité, capter, ou percuter, ou telle autre expression dans l'air du temps, n'avaient en soi aucune importance. Mais la rigueur maintenue du langage, l'effort de sobriété et de précision, ne valaient qu'en tant que protocole, que système d'accueil du trouble et de l'inconnu. Mon expression changeait de stratégie. Enjeu : Anielka. Ressource : la crise.

J'apprenais à aimer la parole hésitante, le geste de la main, le soupir, le suspens, la phrase inachevée, les repentirs, les à-peu-près; cette syntaxe qui se laisse démunir, qui s'en remet à l'égarement d'un regard, au respir, aux épaules, à l'être-là, et à l'espoir, et au sourire. Je commençais d'entrevoir qu'à travers ces portes mal fermées, ces fenêtres qui coincent, ces tiroirs sans clef, ces tables bancales, ces faiblesses, ces fautes, ces esquives, c'était la vie même qui montait profonde comme une nuit, une nuit où il pleut quelques gouttes, où il manque des étoiles, et l'on ne sait si l'on a chaud ou bien trop froid, on se mêle aux draps, on rallume.

J'apprenais à aimer l'insomnie, les cendres, la fréquence choisie au hasard, les mélancolies acceptées, le n'importe où, le manque, l'incertitude et la surprise. Des lacunes des mots, des imprécisions du dire, de la syncope et du point de suspension, de là seulement viendrait ce qui allait venir, là résidaient le désir, la peur, le refus, la jouissance, l'appel, et je ne voulais plus en appauvrir la vie.

Du coup, j'avais rouvert Corneille, cela m'intéressait, cette histoire de lecture de Corneille, ce n'est pas à toutes les gamines de la fin des années soixante-dix que Papa faisait lire du Corneille pour leur apprendre à bien parler. Et finalement, Corneille, Will l'avait justement noté, cela se résume à être le chef-d'œuvre du langage binaire. Non ou oui, moins ou plus. Toujours, jamais. Change, change pas. Fidèle, volage. Une chose ou son contraire. Tant mieux si inconciliables, incontournables, emprisonnantes. En cet affront mon père est l'enfoncé, et l'enfonceur le père de Chimène. Cric, crac. Le brave, l'excellent Nicomède, on dirait Tintin, le genre zéro défaut, et sa salope de belle-mère qui se tape du Romain par paquets de douze : en alexandrins.

Sous une forme extérieure rigoureusement identique, Racine procède de façon toute différente. Il fait dire par exemple à un personnage : *Ou plutôt, je sentis que je l'aimais toujours. Ou plutôt* : la parole s'amende, se corrige, se reprend, sous une poussée obscure : *je sentis.* Des houles de trouble et d'incertitude, la bête touchée au cœur, sont recelés dans ce vers impeccable. Racine écrit une langue parfaite, limpide, on l'a assez dit, sans perdre jamais le contact avec le bafouillage intérieur et profond. Sa perfection est là, dans le fait de ne pas évacuer la complexité hésitante du ressenti, mais au contraire de lui faire place et de la transcender d'un même mouvement. Lui, le plus grand poète de tous les temps, il était relié à cette source, en nous, à cet aven, à ce vagin, à la vie

309

profonde qui nous écarte et nous envahit, nous viole, qui va plus loin que nous, il sentait cela, Jean Racine, et c'est pour ça qu'il est le plus grand des poètes. Il ne perdait pas le contact. *Et Phèdre au labyrinthe avec vous descendue / Se serait avec vous retrouvée ou perdue.* Rien à voir avec l'autre, le marguillier de Rouen, avec sa rhétorique, ses boulons, sa clef de huit, tout son saint-frusquin, sa Rodelinde qui négocie son amour, un acompte tout de suite et le solde à la fin des travaux, mensualisez, demandez notre doc, réactivité hi-speed et perpétuelle remise en question, et pouvez-vous en dire autant de votre portable ?

Cependant, Anielka et moi, nous parlions. Au fond c'était quoi, cette histoire, son histoire ? À l'arrivée ? En définitive ? Au bout du compte ? Nous parlions de cela et d'autre chose. Nous entrions ensemble dans ce crépuscule où la vie se cherche, se décèle, tâtonne, compte ses ressources, à l'écart ou en deçà des haut-parleurs, des idées apprises, des comportements dictés.

– Je décroche toujours de tout, disait-elle, apaisée et lasse. Je ne tiens jamais le coup. Eric, François, Quentin. Je ne peux pas. Je peux un peu, mais pas tellement. Ça ne veut pas dire que je n'en souffre pas, que je n'aime pas mon fils, par exemple. Mais... Tiens, c'est un peu pareil, je crois, avec mon boulot : j'aime bien, mais je ne puis pas imaginer d'habiter là-bas, par exemple, d'être là-dedans tout entière. Sinon j'étouffe.

Nous parlions de cela et d'autre chose. La conversation dérivait. Il était inutile, il est toujours inutile, de s'en tenir au sujet, de chercher le sujet. On ne sait pas quel est le sujet. Je m'intéressais à des questions annexes :

– Le « nous » de Will, c'était quoi ? Qu'est-ce que tu as su de ses idées politiques ?

Il en résultait que le nous désignait le groupe avec lequel il publiait une revue. Il disait, paraît-il, que sous prétexte de démocratie on diluait trop le pouvoir, qu'il y en avait partout et nulle part, que c'était mauvais. Qu'il valait mieux un pouvoir visible, exposé. Il admirait Louis XIV.

Moi, j'aimais surtout son idée sur le miroir, le miroir à venir. *Le cinquième code.* Beau titre, tiens. Théocratie, communisme, nazisme, capitalisme : le siècle s'achevait et s'ouvrait sur la nécessité de trouver *le cinquième code.* Celui où l'opposition, l'éternelle et nécessaire opposition, qui n'est que l'autre nom de la transcendance, ne s'incarnerait pas dans le Dieu, le Collectif ou la Race, mais dans l'Humain. Il avait des idées intéressantes, ce Will. Pourquoi les laisser de côté ? Je pouvais bien au moins m'entendre avec lui sur ce point.

Nous parlâmes d'Annick-Aurore. Elles avaient donc couché ensemble, ces deux-là. Anielka résuma brièvement la chose : « Un détour. » Elles avaient passé quelques nuits. Deux ou trois. Anielka n'était pas folle de ça. Tout le plaisir était dans le dépaysement, disait-elle. Annick-Aurore aimait ses seins, paraît-il. Cela faisait entre elle et moi un point commun supplémentaire.

Nous parlâmes de la trahison, de la volupté de trahir et de la fuite. Elle disait :

– Tout le monde veut notre peau. Et peut-être moi aussi je veux la peau des autres. On se bouffe les uns les autres. Will avait besoin de sa pâture, François aussi... Tout le monde. Est-ce qu'il y a un moyen de sortir de là ?

Elle fuyait. Je la voyais songeuse, solitaire, se protégeant, fermant les rideaux, blottie dans son lit, la main immobile protectrice entre les cuisses serrées : c'est là qu'elle leur échappe à tous.

Elle disait : « Tout le monde a toujours un avis. Je ne suis pas seule en dedans de moi, ils sont là, les Koltchènes, ils visitent, ils font leurs commentaires, pour un peu ils donneraient des ordres... Il a vraiment fallu que je les vire... Je me dis souvent que si j'avais toujours accepté d'être ce qu'on attendait de moi, aujourd'hui, je serais morte ou folle. Je fuis, bien sûr que je fuis, qu'est-ce qu'il faudrait faire d'autre ? Qui est-ce qui veut notre vie, dans tout ça ? Et s'ils ne veulent pas notre vie, ils veulent quoi ? Au juste ? » Elle parlait, et tout en parlant, comme j'avais oublié de remplir son verre, elle basculait la bouteille de saumur avec un mouvement incertain, saccadé du poignet, un mouvement très touchant, à la fois volontaire et fragile, et moi je la regardais, Anielka, je la regardais, un peu brumeux, mais plus du tout inquiet de rien, ils ne me faisaient plus peur, ni les uns ni les autres, il n'y avait pas de crainte et pas de défi non plus, j'étais simplement là, à bonne hauteur, j'écoutais Anielka et je bredouillais « Oui, je comprends, enfin je crois, il me semble, il me semble que je comprends. »

Anielka

Première Partie :
Juillet-novembre

Deuxième Partie :
Novembre-avril

Achevé d'imprimer en juin 1999
sur presse Cameron
dans les ateliers de
Bussière Camedan Imprimeries
à Saint-Amand-Montrond (Cher)
pour le compte des Éditions Stock
27, rue Cassette, 75006 Paris

Imprimé en France

Dépôt légal : juin 1999.
N° d'Édition : 6042. N° d'Impression : 992644/1.
54-02-5155-01/4

ISBN 2-234-05155-X